登場人物紹介
レミの守護者
サミュー
転生者の最強幼女
レミ

レミの母
ソニャ
レミの父
ウォード
第二王女
キャリエス

「れにに、おまかせあれ」
父と母がなんの危険もなく
街に行けるように、
旅立つ前の一仕事を
しておきたい。
平和なわが家を末永く！
——シュルテムを倒しに
行きましょう！

もくじ

ほのぼの異世界転生デイズ
〜レベルカンスト、アイテム持ち越し！ 私は最強幼女です〜
1

プロローグ　大好きなゲームで【宝玉（神）】を手に入れました

私は、ごく普通の女子高生だ。

……と言うことができればよかったが、実はひきこもりである。

小さい頃から他人と一緒にいると、すこし浮いていた。生きづらいなぁって、そんな思いは年齢を重ねるごとに増えていって、中学生になったときには学校に行けなくなっていた。

高校受験はしたものの、やはり馴染《なじ》むことはできなかった。現在は学校に籍はあるが、一年目にして留年決定。そうなると登校する意味は皆無だ。

そして、学校に行かない私は、代わりにゲームに没頭した。

私がハマっていたのはオンラインＲＰＧ。

キャラクターの種族はエルフにして、銀色の髪に金色の目の女性を選んだ。そのゲームの配信開始と同時にプレイを始めた私は、あり余った時間をゲームにつぎ込んだ。他にやりたいことがない、ということもあるが、そのゲームがすごく楽しかったのだ。

私は特定のチームに所属せず、チャットもやらない。いわゆるソロプレイが好きだった。

魔物を倒して、素材を集めて、装備を作って、ステータスを上げて、メインクエストをクリアする。

寝る間も惜しんでプレイすれば、あっという間にメインクエストはクリアできた。それだけでなく、レベルはカンストし、装備も最強、アイテムボックスもいっぱいだ。

それでも、ゲームに飽きることはなかった。

運営はたくさんのイベントをしてくれたし、ただ時間を食うような単純なものじゃなくて、工夫を凝らして、いつも楽しませてくれた。

その日、いつも通りにゲームにログインした私は、【霊感の洞窟】というマップで、穴掘りをしていた。

洞窟系のマップでは【つるはし】を持っていれば、鉱物を掘ることができる。

こういう鉱物系の素材を集めることをゲームのプレイヤーたちは『穴掘り』と呼んでいた。【霊感の洞窟】で採れる素材はメインクエストの中盤ぐらいに役立つ。

メインクエストをクリアした私は、もはやここで採れる素材を使うことはほとんどなく、アイテムボックス内でカンストしてしまっている。

ではなぜ来たのか。

——ネットにレアアイテムの情報があったからだ。

その情報は、普通の人には意味がわからなかったと思う。ある秘密を知っている者だけが理解できる。そういう情報だった。

その情報を確かめるため、私は【霊感の洞窟】にやってきたのだ。

洞窟の素材ポイントで穴掘りをする中級者を見ながら、私は奥へとどんどん進む。途中、洞窟のボスであるドラゴンがいたが、すでに私の敵ではない。サクッと倒して、さらに奥へ。

「ボスを倒して、その素材を取らずに、右の壁に沿っていく、と……」

一見して、ただの洞窟の壁。

でも、キャラの姿が壁にめり込んでいって――

「隠し通路があるんだよね」

たぶん、ごく一部にしか知られていないと思う。

キャラが壁にすべてめり込むと、暗い画面がしばらく続く。キャラがどう動いているのかは画面では確認できない。不安になるが、前へと進む。すると、画面に明かりが戻って――

「ついた」

【霊感の洞窟】。隠し通路の奥の小部屋。

洞窟のマップの中で、ここだけは部屋になっている。

木の床に白い壁、魔法の光をたたえたランプ。

洞窟のマップが、なぜ突然こうなってしまうのかわからないけど、バグというにはしっかり作られているし、運営が意図的に作っているのだとは思う。

けれど、ここにはなにもない。

最初にこの部屋を発見したときは興奮した。強いボスがいるか、宝箱があるか、または違うマップへの道があるんじゃないかと思ったけれど、調べても調べても、なにもなかった。

時間が関係するんじゃないかと、一日中この小部屋にいたこともあるし、日が関係するんじゃないかと、毎日訪れてもみた。

それからもう一年。

結局、なにもなくて、諦めていたのだが、やはりここにはなにかあったらしい。

ネットに載っていた情報はほんのすこしだけ。

『洞窟の小部屋で、クリスマスに穴掘り（神）』

少なすぎる情報にだれも応答をせず、流されていった。

でも、『洞窟の小部屋』がここだと知っていれば、一気に信憑性《しんぴょうせい》が増す。

「クリスマスに、つるはしで穴掘りか……」

実は、クリスマスに来たことも、【つるはし】で掘ることも試したことがある。けれど、その二つを同時にやったことはなかった。私としたことが抜かっていた。

あと、【つるはし】は普通のつるはしじゃなくて、【つるはし（神）】じゃないとダメなのだろう。

この【（神）】というのは、アイテムのランクだ。

アイテムは買ったり、錬成したりして手に入れるのだが、錬成する場合は素材を集めて、作る。

作業道具も素材を集めて作るのだが、素材によってできあがるもののランクが変わる。
（ボロ）、（並）、（上）、（特上）、（神）の五ランクだ。
【つるはし（神）】はSS素材以上を掘りあてることを確約するという効果だったが、一回の使用で壊れてしまう。

【つるはし（神）】の錬成にはS素材がたくさん必要なので、SS素材が手に入るといっても正直、割に合わない。なので、ほとんどの人が使っていないのが現状だ。

私はS素材を出し惜しむ必要はないので、気にせず使っているけれど。

「よし。じゃあ、やってみよう」

ごくりと唾を飲む。

一二月二五日。クリスマス。洞窟の小部屋で延々と穴掘りだ！

小部屋といっても穴を掘るポイントはたくさんある。というか床の全部が穴掘りポイントだから、すべて調べようと思えば、百回は必要。【つるはし（神）】は一回で壊れてしまうので、百本必要になってしまうけれど、私なら大丈夫。用意できている。

というわけで、まずは小部屋の中央で【つるはし（神）】を振り上げる。そして、それが木の床に突き刺さった。

が――

「……なにも起きないかぁ」

一回でうまくいくとは思っていない。だが、すこし落胆する。

状況ステータスには『【つるはし（神）】が壊れました』とだけ出ていた。それはこの部屋ではいつも通りのことで、SS素材確定のはずだが、いくらやってもアイテムは出ず、【つるはし（神）】が壊れるだけなのだ。

「次」

だが、こんなことはゲームをやっていればよくあること。

すぐに気を取り直して、今度は右上からすこしずつ移動しながら、【つるはし（神）】を振っていく。百本の【つるはし（神）】を全部壊してもかまわない。

そうして、【つるはし（神）】が壊れるだけの時間が過ぎていった。すでに小部屋の半分は終え、後半に入った。中央よりやや下の右側部分。とくに目印もないそこに【つるはし（神）】を振り下ろしたときに、それは起こった。

「ッ――！　オリジナルエフェクトだ――ッ!!」

来た！

情報は本当だった――！

「すごい！　こんなエフェクト見たことない！」

こんなにゲームをやり込んで。それでも、まだ私の知らない世界がある。

――だから、やめられない。

――だから、ずっと大好き。

【つるはし（神）】の刺さった木の床はそこからひび割れていき、割れ目から光があふれ出す。その光が小部屋全部に広がると、画面は真っ白な空間になった。そこにいるのは私が作った銀髪に金色の目のエルフ。そして、その手には――

「玉……？」

丸い水晶のようなものを持っている。

そんなアイテムあったかな……？

疑問に思っていると、画面は変わり、気づけば、【霊感の洞窟】のボスがいるマップまで戻ってきていた。

そして、状況ステータスには一文が追加されていて——

『【宝玉（神）】を手に入れました』

やった……！

ネットで見つけた情報を頼りに、ついにアイテムを手に入れた。入手困難なのは間違いないし、これはもう絶対にレア。もしかしたら、私以外は見つけていないかもしれない。

私は本当にうれしかった。

なので、すぐに【宝玉（神）】の効果を確認しようとしたのだが——

「……？　どこにもない？」

【宝玉（神）】という表示をどこにも見つけることができない。

アイテムボックスにはないので、普通のアイテムや、装備品、アクセサリーとは違うようだ。

そして、ステータスを見ても変化はないし、なにか称号がついたわけでもない。

——どこにも存在していない。

でも、たしかにオリジナルエフェクトがあり、状況ステータスには表示された。だから、手に入れたことは間違いないのだ。

——どんな効果があるんだろう。

——この世界にはまだ他にも【宝玉（神）】が眠っているのかもしれない。

そう思うとワクワクして……。

まだまだ、このゲームを楽しめる。

確信しながら、久しぶりにベッドで眠る。いつもついついイスで眠ったり、徹夜をしたりしてしまうのだ。

けれど、今日は胸がふわふわとして、いい気分だった。

――明日から、またゲームをたくさんしよう。

クリスマスの寒い夜。掛け布団をグイッと目の下あたりまで上げて、目を閉じる。

そして――

――私はそのまま死んでしまったらしい。


……えぇ!?

第一話　ゲームの世界に転生したら、家族がピンチです

人はいつか死ぬ。

でも、それがクリスマスだとは思わなかった。すごくワクワクしたまま死んでしまった。明日を夢見て死んでしまった。ゲームをもっと堪能したかったのに……。

でも、まあそれは仕方ない。ゲームでは死んでも生き返るが、現実では生き返らないのだから。

が、転生するということはあるみたいで――

「かわいい女の子ね」

「ああそうだな」

私は前世のひきこもり女子高生の記憶を引き継いだまま、新たな生を得ていた。

要は生まれ変わり。

どうやら赤ちゃんになっており、体がまったく意のままに操れない。手をぐーにするだけで精いっぱいだ……。

五感に関しては、普通の赤ちゃんより成長しているようで、はっきり聞き取れるし、目も見える。味も感じるし、触感もある。

私を抱き上げる母は、それはそれは美しい人で銀色の髪をまとめ、青い瞳がきらきらしていた。母に比べれば、父は平凡な顔をしていた。茶色の髪に金色の目なのだが、この目はすごくきれい

だと思う。

そんな私は母譲りの銀髪と、父譲りの金色の目。全体的には母そっくりという、将来は美人まちがいなし！　という造形で生まれていた。

そう。まるで私が大好きだったゲームのキャラクターそのもの。

もちろん、今の私はまだ赤ちゃんなので、ゲームで使っていたキャラの姿ではない。あのキャラクターが赤ちゃんであれば、こうだったのだろう、と想像できるような感じだ。

成長すれば、間違いなく、私が使用していたキャラクターになるだろう。

――もしかして。

――私の大好きな、ゲームの世界に転生したのではないか。

その予感は確信に変わる。

最初は赤ちゃんでなにもできなかった私も、なんとかつかまり立ちを覚え、一人で歩けるようになった。

女子高生の記憶と、しっかりした五感を持っていたが、筋力などの体の成長は一般的な赤ちゃんと変わらなかったようだ。

日々、練習を重ねた一歳ごろ。発語もなかなか難しくて、ダーとかアーばかりを言っていたが、ついにこれを発声できるようになったのだ！

「ちゅてーたちゅ！」

ステータスね！　ステータスって言ってるからね！

サ行の発音については、おいおい練習するとして、今はその発声でなにが起こったかが大事だ。

「ふわぁ！」

『ステータス』の言葉に反応して、いきなり目の前にブォンと見慣れたあの画面表示が現れた。

思わず声を出して喜んでしまうのも無理はないだろう。

そこにはこう記されていた。

・名前：レニ・シュルム・グオーラ
・種族：エルフ
・年齢：1
・レベル：999

なんと！　レベルがすでにカンストしている……！

この他にも体力値や魔力値などの細かい値があるけど、それもカンスト済み。さらに、両親は人間のはずなのに、ゲームと同じように、種族がエルフになっている。これは、転生前にやり込んだゲームのステータスそのままだ。つまり――

「でぇーた、ひきちゅぎ」

前世のゲームデータが引き継がれ、現世に持ち越されている……！

一歳から、すでに最強。

これなら、もしかして――

「あいてみゅ……ぶぉ、ぶぉっく、ちゅ」

アイテムボックス！　アイテムボックスって言ってるからね！

『ボ』の発音については、またおいおい練習するとして、今は目の前で起こったことが大事だ。

そう。こちらもちゃんと引き継がされていたのだ。

ずらずらっと並ぶアイテム。その数はほとんどすべてカンストしていた。

一歳から、すでにこの世界のすべてのものを手にしている気がする。

「ふわぁ……」

思わず感嘆の息を漏らす。

――ここは私が大好きなゲームの世界で、前世のデータそのままに転生したのだ。

そうと決まれば、やりたいことはただ一つ。

「たび、でりゅ！」

旅に出る！

――すごくきれいだった【涼雨の湖】。

ＣＧで表現された抜群にきれいな水面は、実際に見ると、どんな色をしているんだろう。

――クリアするのに時間がかかった【透写の森】。

こちらをトレースして能力を真似てくる敵は、実際に対峙《たいじ》すると、どうやって戦うんだろう。

――マップが毎回変わる【変転の砂漠】。

乾いた風と舞い散る砂は、実際にはどうやって地形を変えているんだろう。

全部見たい。全部知りたい。思う存分、この世界を堪能したい。

画面越しに見るだけだった、大好きな世界を五感で受け止めたい。

一歳にして最強なのだ。前世と同じようにソロでこの世界を巡っても、きっと困ることはないだろう。この世界での生き方は、前世の女子高生だった世界より、よっぽど心得ている。

——ワクワクする。

死ぬ前に感じたあの興奮が蘇《よみがえ》ってくる。

——どこかに【宝玉】があるかもしれない。

私は一つしか探せなかったし、アイテムの効果を確認することもできなかった。

この世界にも、【宝玉】がある可能性はあって……。

思わず、くすくすと笑ってしまうと、もたれていたベッドの木枠がギシッと鳴った。

「レニ……？」

その音に反応したのか、ベッドで寝ていた男性が声を上げる。

弱々しい声。その人は、現世で私に与えられた『レニ』という名前を呼んだ。

「ちゃんと……いるか？」

「ぱぱ」

「……いるな、ら……いい……」

私がうんしょ、と立ち上がれば、ベッドに寝ていた男性——父は苦しそうにすこしだけ目を開けた。

その顔色は悪く、息も絶え絶え。

父は私と目が合うと、できるだけ笑おうとしたのだろう、口元をちょっとだけ上げたあと、すぐに目を閉じる。

そんな父の様子に、私は興奮を一度置いて、その顔をじっと見た。

——父であるウォードは病気にかかっていた。

しかも、私が生まれてから、容態はどんどん悪くなっている。

父は私が生まれたときは元気だったし、産後でまだ動けない母と私を気づかって、せっせと働いていた。腕のいい猟師らしく、やれ大きい魔物を狩っただ、いい肉が手に入っただと言っては、母に「あらあら」と笑われていたのだ。

でも、私が生まれて一か月ぐらいのときに魔物の狩りに失敗したらしい。

これまで元気だった父は床に臥《ふ》せるようになり、代わりに母が働きに行くことが多くなった。

私はまだ赤ちゃんだったが、そこは前世ひきこもり女子高生。普通のこどもを育てるより、簡単だったであろう子育ては、父がなんとかしてくれていた。

そして、私ももう一歳。父の容態は軽快することなく、むしろ悪化していることが見てとれた。

母は父に薬を買うため、家族を養うため、朝から夜まで働きづめだ。

朝早く起きて、村のパン屋の手伝いに行く。帰ってきて、朝食を作り、父と私に食べさせたあとに洗濯。畑の手入れをしたあとは、早めの昼食を作り置いて、自分はすこし遠くの街まで徒歩で行き、そこの宿屋で夜遅くまで働いて帰ってくる。

正直、こんな生活を続けたら、次は母が倒れてしまうと思う。

というわけで。

「せいかちゅ、と、とにょ、えりゅ」

生活を整える、ね！　生活を整えるって言ったから！

旅に出る前に、父と母が仲良く平和にほのぼの暮らせるような環境を整えたい。

私は安心して旅に出るのだ。

そうと決まれば、どうやって環境を整えるかだが、それは一歳にして最強の私にかかれば、造作もない。

・父にこっそり【回復薬（神）】を飲ませる
・畑にこっそり【肥料（神）】を撒《ま》く

完璧である。

これまではステータスを出せず、歩行訓練と、発語と発声練習に日々を費やしていたが、こうしてステータスを出せて、アイテムボックスも使えるようになった私に敵はない。

【回復薬（神）】はどんな状態異常も治せるし、体力値が1になっても、全回復できる。

ゲーム内の回復薬のアイコンは瓶で、使用モーションはそれを口に運んで飲み干していたから、この回復薬を父に飲んでもらえば、すぐによくなるだろう。

問題があるとすれば、この力をあまり人には見せたくない、ということだ。

これまで父母と暮らしているが、『ステータス』なんて言っているところを見たことがない。もちろん二人が家で使わなかっただけかもしれない。

が、ステータスやアイテムボックスが使えるのは私だけのような気がする。私の勘がそう言っている。

なので、あくまでこっそり。こっそりと父を治す。

さらに、父を治した後は、畑に肥料を撒こうと思う。これは、今後の生活のためだ。

父がまた猟師をしたいのであれば、それでいいと思う。が、やはりまた怪我《けが》をしたときのために、母が自活できたほうがいい。

パン屋で働くといっても短時間で、それだけでは生活は成り立たないし、かといって、街に働きに行くのも、遠いから効率的ではない。

やはり、この家と土地（畑）を使うのがいいと思うのだ。

【肥料（神）】を畑に撒けば、そこからS素材がざくざく採取できるようになる。SS素材もかなりの確率で出る。芋やにんじんなんかのC素材も生産効率が上がるので、自給自足するにもいいだろう。

ゲーム内の肥料のアイコンは、布袋になにか土っぽいのが入っており、使用モーションは袋の中の土っぽいものを撒いていた。だから、肥料を撒けば、裏の畑は大豊作間違いなしだ。

こっそり。こっそりと撒けばいい。

今後の計画を立ててから、もう一度、父の顔を見る。

弱い呼吸で胸を上下に動かしている。浅く早い呼吸。きっとすごくしんどいのだろう。

大丈夫。私におまかせあれ！

「うん、しょ」

足にぐっと力を入れて、一生懸命にベッドへ上がろうとする。

手でしっかり掛け布団のシーツをつかんで！　全身よ！　全身に力を入れて！

そうして、なんとかベッドに這《は》いのぼって、はふぅと大きく息を吐く。

「あいてみゅ、ぶぉっくちゅ」

アイテムボックス！

現れたアイテムの中から、視線で【回復薬（神）】を選ぶ。個数は一つ。そして――

「けってぇい！」

その言葉と同時に【回復薬（神）】の瓶が私の両手の間に現れた。私は慌ててそれをつかむ。

「お、おみょい……」

重い……一歳にはちょっと重いかもしれない……。回して開ける蓋《ふた》もついていたが、一歳にはちょっと固いかもしれない……。

でも、めげない。この日のために、歩行訓練、発語・発声訓練のほかに、把持訓練もしたのだから……！

ベッドの上に座り込み、膝の間に瓶を固定する。そして両手でしっかり蓋を持ち、ぎゅうっと右に回す。すると――

「あいたぁ！」

開いた！　開きました！

思わず、ふわぁ！　と声を上げる。しかしその瞬間――

「ふあぁ――っ！」

膝の間に固定していたはずの瓶が斜め前に傾いていく。

急いで手を伸ばしたけれど、重い瓶を支えることはできず……。

バシャーッ！

大好きなゲーム世界に転生した女子高生。現世の名前、レニ・シュルム・グオーラ。レベルカンストした最強一歳児の、異世界最初の試みは――

――父のベッドを水浸しにすることでした。

……。がっかりだ。自分にがっかりである。

父を助けられると意気揚々と【回復薬（神）】を取り出したのに、全部こぼしてしまった……。

こんな、こんな絶望ってある？

ただ、父をびしょびしょにし、母の仕事を増やしてしまっただけだなんて……。

でも、私はめげていない。

なぜなら、こんなことはゲームでは日常茶飯事だからだ。一度の失敗でくじけてはメインクエストは前に進まない。倒せないボスがいるのなら、レベルを上げてまた挑戦すればいい。

それにこの失敗から、おもしろい結果を得ることもできたのだ。

「今日は体調がいいの？」

「ああ。ずっと寝たままでいて、レニにまた水をかけられてはたまらないからな」

「そうね。昨日はびっくりしたものね」

なんと、昨日まで寝たきりだった父が、今日はベッドに体を起こし、座った状態で母と会話をしているのだ。

こうして父が体を起こせたのはどれぐらいぶりだろう。母の目に涙が浮かんでいる気もする。

私はそんな二人の様子を見ながら、ふむ、と考え込んだ。

これはどういうことだろう。

やはり【回復薬（神）】の力が効いたと思うのが正解ではないか。

つまり、回復薬は経口で効果を発揮するが、経皮でもそこそこ効くということなのでは？

ただ、やはり効果は少なくなるから、一瞬で全回復するはずのものでも、これぐらいの効果しかなかったのだろう。

「ちゅかえる」

これは使える。

父にこっそり服用させるために、寝ているときに飲まそうと思っていたが、よく考えてみれば、寝ているときに飲ますのは難しいと思う。

びしょびしょにするのはなしだが、すこしずつ肌に塗る感じにすれば、こっそりと父を治すことができるのでは……？

我ながらナイスなひらめきに、思わず、くすくすと笑ってしまう。

「レニ、なにかいいことがあったの？」

いつも美人な母、ソニヤ。最近はすこし疲れが出てきたように見える。

そんな母が私を見て、そっと頭を撫《な》でた。

大丈夫。私におまかせあれ！　父を元気にし、母の疲れを吹き飛ばしてみせましょう！

……と思ったんだけど。


結果、私はあと五回ほど、父をびしょびしょにすることになった。

一歳の筋力の無さ。これは仕方ない。

父と母は、水分という水分を私の手の届かない場所に置き、私から水分を遠ざけた。私が水を飲むときも、そばを離れることはなく、じっと見ていた。

が、父は濡《ぬ》れる。毎回びしょびしょ。

「レニはどこから水を持ってくるんだろうな……」

「不思議よね……」

私が父をびしょびしょにしたあと、父と母がそう言って首をひねっていたのを見たことがある。

やはり、父と母にはアイテムボックスという概念はないのだろう。父と母は私がどこから【回復薬（神）】を出しているかわからないようだった。

うっかり母の前でステータスを開いてしまったこともあった。が、母にはステータス表示は見えていないようで、私になにかを言うことはなかった。ついでに、アイテムボックスも開いてみたが、その表示も見えている様子はなかった。

やはり、このステータスとアイテムボックスは、転生者である私しか持っていない概念で、まあ固有スキルみたいなものなのだろう。

私にとっては人前で使っても大丈夫ということなので、非常にありがたい。

「たぶん水属性の魔法使いなんだろうが、俺ばかりを濡らすのは俺が嫌いだからだろうか……」

すっかり元気になり、朝食をテーブルで摂《と》れるようになった父が切なそうに声を漏らす。母はそんな父を見て、あらあらと笑った。

「あなたのことが好きだから、悪戯《いたずら》をしているんじゃないかしら」

「……そうか？」

「そうですよ」

母のその言葉に、自信を取り戻したのか、父がそうだな、と頷《うなず》く。

そして、椅子に座っていた私を膝の上へと抱き上げた。

「レニも大きくなったな」

「もう二しゃい」

二歳ね、二歳。

父に【回復薬（神）】をぶっかけ続ける間に、私は二歳になったのだ。

にしても、相変わらずのサ行の弱さ。最初に『ちゅてーたちゅ』とか言っていた一歳から比べれば、格段の進歩をしたと思うが、二歳になったのに、まだまだ発声ができていない。サ行恐るべし。

「それじゃあ行くか」

父はそう言うと、膝の上に乗っていた私をしっかりと抱きしめたまま、椅子から立ち上がる。そう！　父は仕事ができるまでに回復したのだ。

「気をつけてくださいね」

私を抱っこして、玄関へと移動する父の後を、母が心配そうについていく。父の体は良くなったとはいえ、そもそもの発端が魔物狩りの失敗。その傷がもとで病気になったのだから、母の心配はひとしおである。

でも、母が朝から夜遅くまで働くより、父が猟師の仕事をしたほうが稼げるため、やはり父は猟師に復帰したのだった。

「レニ。ママを頼んだよ」

「だいじょーぶ。おまかしぇあれ」

父が私の体を母に預けながら、言葉をかけてくる。私はそれに力強く頷いて返した。最強の二歳児がついていますので、心配には及びません。

「まま。ぱぱはだいじょーぶよ」

そして、私を抱きしめる母にも、安心していいよ、と話しかけた。

実は父には、状態異常無効や常時体力回復のアクセサリーをこっそりと贈ってあるのだ。父自身は気づいていないが、左腕に巻いた飾り紐《ひも》がその役目をしてくれている。さらに父の上着のポケットには、戦闘不能状態に陥ったときに一度だけ身代わりになってくれる木でできた人形も入れておいた。

どちらもこっそりとしておいたので、効果について父は知らない。だけど父が魔物からの攻撃で、前のような状態になったり、命の危険に晒《さら》されたりすることはほとんどないと思う。

「そうね。レニ、ママと一緒に待っていましょうね」

「あい」

父の背中に母と一緒に手を振り、父が仕事へと出ていく。母はそっと私の頭を撫でると、床へと下ろした。そして、すぐに家事に取りかかる。

現在の母の生活は早朝にパン屋で働き、帰宅してからは家事全般。畑仕事もこなし、さらに伝手《つて》で紹介してもらったという、縫製の仕事を家でしていた。

街まで歩いていって、宿屋で働いていたころに比べれば、すこしは楽かもしれないが、それにしても相変わらず、寝る間を惜しんで働いているようにみえる。

父のほうも、朝に家を出て、夜遅くまで帰らない日々が多い。遊びに行っているからではなく、本当に朝から夜遅くまで魔物を狩り続けているのだ。

――貧しさがなかなか改善されない。

父が元気になれば、あるいは……という思いもあったが、案外、この世界では生活をするのにお金がかかるのかもしれない。

この世界については、前世で知り尽したと思っていたが、生活費や食費の観点はなかったので、新しい発見である。

というわけで。

「まま、れに、おしょとにでる」

「畑に行くの？」

「あい」

「ママもこれが終わったらすぐに行くから、レニはいい子で待っていられる？」

「あい」

「なにかあったらすぐにママを呼べるよう、扉は開けたままにするのよ」

「だいじょーぶ。おまかしぇあれ」

忙しそうに働く母に、笑顔で頷き、そのまま玄関へ向かう。母に言われた通りに扉は開けたままにしておき、家の中にいる母が私の気配を感じられるようにしておいた。ただ、気配はわかるものの、実際に私がなにをやっているかを母から見ることはできないだろう。

「ちゃんしゅだ」

チャンスだ。

貧しくて忙しいわが家のために考えた計画第二弾を発動できる！

「ままも、がんばってりゅけど……」

玄関を出たすぐのところにある、あまり大きくない畑。

それがわが家の畑なんだけど、なんとなくどれも元気がない。狭い土地で連続して野菜を作っているから、土地が痩せてしまったのだろう。

ここでS素材ががっぽがっぽ出て、芋とにんじんが大豊作になれば、わが家の貧しさも解消するはずだ。

最強二歳児の私におまかせあれ！

――畑に【肥料（神）】を撒いていきます！

畑に移動して、現在植えられているものを確認する。いろいろな野菜が植えられているが、主に食べるために栽培していることが窺《うかが》われた。私がゲームをしていたときは、畑といえば素材を採取するための場所だったので、こうして野菜だけが植えてあるのを見ると不思議だ。

今は芋とちょっとした葉物が植えてあり、右隅の辺りがすこしだけ空いている。とりあえずはここに肥料を出し、撒いていく形がいいだろう。

「あいてむぶぉっくしゅ」

アイテムボックス！

私の言葉と同時に、目の前に表示されるたくさんのアイテム名。その中から視線で【肥料（神）】を選んだ。

「けってい！」

決定と同時にアイテムボックスの表示が消え、手の中にずしっとした重みを感じる。肥料がちゃんと出てきた証拠だ。私はそれを受け止めようとして――

「お、おもい……」

重すぎて、持ちきれず、袋ごと地面に落としてしまった。

ズシャーッ！

――袋の中身を全部ぶちまけながら。

「……ふわぁ」

こんな、こんな絶望ってある？

小さい畑全体に撒いてもまだ余りそうなぐらいあった肥料を、こんな畑の隅の小さな一角で使い切ってしまった。

そして、さすが【肥料（神）】。吸収が速く、あっという間にすべてが土の上で溶け、なくなっていったのだ。跡形もない。残ったのは妙に土の色がよく、いい湿り気具合のふかふかな三〇センチ×三〇センチの土地のみ。

「……めげない」

そう。私はめげてはいない。こんなことはゲームでは日常茶飯事だからだ。一度の失敗でくじけてはメインストーリーは前に進まない。倒せないボスがいるのなら、レベルを上げてまた挑戦すればいい。

それにこの結果から、また次の作戦を立てることもできる。

「ちゅちをまけばいい」

土を撒けばいい。

この土が最高な状態なのは、間違いないのだ。だったら、ここの土を畑全体に撒けば、肥料を撒いたのと同じ効果があるのではないか。よく考えれば、私が一人で畑をする時間は少ないし、肥料を撒いていたら、母に見つかる気がする。だが、畑の一角の土を掘って、全体に撒くだけなら、砂遊びをしている幼児にしか見えないだろう。

「ちゅかえる」

これは使える。

自分の体への重さの耐久限界と肥料の重さを見誤ったところは失敗だったが、最終的に栄養に富む畑ができれば、それは成功である。失敗は失敗ではなく、成功への道の一歩にすぎない。

「しゅこっぷがほしい」

スコップ。あるいはシャベル。住む場所によって呼び名に差があって、主に両手で持って使う大きいヤツと、片手用のヤツがあるが、私が欲しいのは片手用。私はスコップと呼んでいる、あれが欲しい。スコップで土を掘って、全体に撒いていきたいのだ。

が、ゲームではそういうアイテムはなかった。ときどきあるのだ。この世界にはあっても、ゲームの世界にはないものが。ゲームにあるのはあくまでもゲームで使うもの……つるはしやくわなどはあったが、スコップはなかったのだ。

なので、アイテムをゲームから引き継ぎ、ほぼカンストで持っている私でもスコップは持っていない。どうしたものかなぁと思っていると、家のことを終わらせたらしい母がやってきて――

「レニ、どうしたの？」

「まま、れに、ちゅちをほるものが、ほしい」

「土を掘るもの？」

「あい」

お願いします、と母を見上げる。

幼児と言えば砂場遊びだ。二歳児がスコップを欲しがってもなにもおかしくないだろう。こうして畑仕事をしているなら、スコップぐらいあるだろうし……と。そう思ったんだけど……。

「……ごめんなさい、レニ」

母はその美しい顔――最近はやつれてきた――を悲しそうにゆがめた。

「うちにはそれを買うお金がないの」

「……おかねがない」

まさかの返答にぽかんと口を開けてしまう。すると母は私の前に屈《かが》み、まっすぐに私の顔を見た。

「パパもママもがんばっているんだけど、ごめんなさい」

「だいじょーぶ。わかった」

真剣な顔に私はうんうんと頷いて返す。

いや、お金がないことはわかっていたのだ。ただスコップも買えない――というか、そもそも持っていないとは思わなかった。わが家は、本当に最低限必要なものだけで、なんとか暮らしているのが現状なのだろう。

「れに、いえのまわりをみりゅ。なにかおちてるかも」

母にそう告げて、二歳にしてようやく身につけたダッシュを使った。

うん。歩くよりは多少は速いっていう程度で、まだ全然遅い。「レニ！」と母が私を呼び戻そうとする声が聞こえたけど、とりあえず聞こえないふりをして、家の周りをぐるっと回っていった。

母には「家の周りを見る。なにか落ちてるかも」と告げたが、要はただの時間稼ぎと証拠作り。実際にやりたいのは――

「あいてみゅぶぉっくしゅ」

アイテムボックス！

そもそも家にあるかも、なんて甘えたことを言わず、手持ちのアイテムからスコップになりそうなものを探してみればよかったのだ。

私におまかせあれ！

「しゅこっぷ、しゅこっぷ……」

とてとてと走りながら、ぶつぶつと呟《つぶや》き、視線でアイテムを探していく。

土をすくって運べそうなもの。しかも幼児が持てるもの。この辺に落ちてたとしても、あんまり不思議じゃないもの。

なかなかの難条件だったけれど、私のカンストしたアイテムボックスにはちょうどいいものがあって――

「レニ！」

家をぐるっと一周してきた私を見つけた母が、こっちにおいでと手招きをする。

私はアイテムボックスから取り出したそれを持ち、母へと近づいていった。

母はすぐに戻ってきた私に、ほっと安心したような顔をする。そして、私が手に持っているものに気づいて、あら？　と首を傾《かし》げた。

「おたま？」

「あい」

「おたまなんてどこに……？」

「おちてた」

私の答えに母は不審げに眉根を寄せる。

「お家の周りに？」

「あい」

「おたまが？」

「あい」

「……うちの敷地にどうしておたまが……？　しかも、すごくいいものに見える……」

母はうーんと首をひねった。

そんな母に私はおおーと心の中で拍手を送る。母の言った「すごくいいもの」というのが、本当のことだからだ。

このおたまは実は武器で、種類としては短剣に分類される。

錬成にはＳＳ素材数種類とＳ素材を大量に使用する、とても貴重なものなのだ。

それを見抜くとは母の鑑定眼はなかなかのものである。

ちなみに、このおたま、それだけ貴重なものなのにもかかわらず、武器としての攻撃力は非常に弱い。砥石《といし》を使わずとも攻撃力が下がらないことだけが利点だった。

じゃあなぜそんな武器があるのか。

ゲーム内では、コスプレをするためのファッションアイテムの一つという見方が主だった。

同じく、錬成の難易度の割に防御力の低いコックコートとコック帽を装着し、仲のいい人たちが集まって、合わせをすることが多かったと思う。

そんなおたまがわが家の周囲に落ちているはずがない。

母が不審に思うのは当然だが、母には悩んでいる時間はなくて――
・もし持ち主が現れたら、ちゃんと返すこと
・大切に使うこと
・畑で土を触ってもいいが、野菜に悪戯はしないこと
などを私に言い聞かせ、急いで畑仕事を開始したのだった。

大丈夫。私におまかせあれ！

この【肥料（神）】によりできあがった、栄養に富む土を、おたまでしっかり撒いていくので！

というわけで、地面にしゃがみこみ、ふかふかの土を、おたまですくい上げる。こぼさないように慎重に歩き、芋の畝《うね》へと近づく。そして、芋の葉やつるを避け、しっかりと根元に土をかぶせることに成功……！

「ふわぁ……！」

できた……！

なんだか初めてうまくいった気がする……！

おたまはスコップに比べれば使いづらい。だが、ちゃんと脳内で考えていた通りに道具としての使命を果たしてくれた。さあ、あとはこれを畑全面に……！

……全面に？　うそ……。

「みりゃいがとおい……」

未来が遠いよ……。

一回で喜んでいたけど、どう考えてもあと二百回はこの作業が必要な気がする。いや、二百回じゃすまない気がする……。

……でも、やるしかない。

そう。ゲームではこんなことは日常茶飯事だ。レベル上げだって単純作業の繰り返しだけど、気づけば強くなっているのだ。一回の成功ですべてが終わり、大成功です、とはならない。成功を繰り返し続ける。これが大切なのだ。

「よし！」

おたまを握り直し、うんしょと立ち上がる。母はまだ畑仕事を続けるようだし、私もこの作業を続けていこう！

そして、気になることも確認していきたい。

――このお金のなさだ。

畑は地道にやっていけば、すぐに大豊作になり、父と母は楽になると思う。と……思っていた。

だけど、本当にそうだろうか。父の体が治り、畑で稼げるようになれば解決するだろうか？

現状、父と母が朝から夜遅くまで働いていて、こんなにお金がないなんて、なにかおかしい。なにかがある気がする。

——これからは調査任務ですね。

内幕 うちの子は天才 一

レニがおたまで土を撒《ま》いた夜。いつも忙しく働いているウォードとソニヤの夫妻は珍しく、ゆっくりとした時間を持っていた。

四人掛けのダイニングテーブルに三つのイス。夫妻は対面に座り、コップに注いだ白湯《さゆ》を飲みながら、ふぅと息を吐いた。

「レニは不思議な子よね」

「そうだな」

「生まれたときだけはしっかり泣いていたけれど、それからほとんど泣くこともなかったわよね。お腹が空《す》いたり、おしめが濡《ぬ》れたりしたときは『あー』って邪魔にならないぐらいの声で主張してくれて……」

「ああ。ミルクの時間も時計を読めるんじゃないかっていうぐらい、ぴったり三時間ずつで教えてくれたな」

二人は、愛娘《まなむすめ》であり今はベッドで寝ているレニのことを考えていた。

二人にとって初めての子。妊娠出産と夫妻は幸せを噛《か》み締めていたのだ。それが――

「俺が怪我《けが》をして、病気にかかってしまったばっかりに……」

「猟師は危険な仕事ですもの。あなたが悪いわけじゃないわ。今、こうして元気になってくれて本当によかった」

「……不甲斐《ふがい》ないな。ソニヤが働きに出ているあいだ、俺はただ一緒にベッドで横になり、レニが時間通りに教えてくれるから、そのときにパン屋が分けてくれたヤギのミルクをあげていただけだ」

「それを言うなら、私なんて、レニになにもしてあげられなかった……」

過去を語りあい、しんみりとする夫妻。

そして、そんなときは二人はいつも思うのだった。

「本当に、生まれてきてくれたのがレニでよかったわ」

「ああ、そうだな」

「きっとレニじゃなければ、乗り越えられなかったと思うの」

「レニは最高の娘だ」

二人はそう話し、笑いあう。そして、ソニヤは、あ！　と声を出した。

「今日ね、レニが初めて欲しいものがあるっておねだりしたの」

「そうか。レニはなにが欲しいって？」

「土を掘るもの……たぶん、スコップかしら？　それが欲しかったみたい」

「スコップか……でも、うちには……」

「ええ……。だから、レニにごめんなさいって謝って、いつかプレゼントできればって思っていたんだけど、レニったら、私の話の途中で走り出しちゃって」

「……初めて欲しいものを言ったのに、叶《かな》えられなくて悲しい気持ちになったんじゃないか？」

ウォードはそんなレニの心情を想像したのか、苦しそうな顔をする。けれど、ソニヤは、いいえと首を振った。

「私も最初はそう思ったの。でもレニは戻ってきたときには手におたまを持っていたわ」

「おたま？」

「ええ。家の周りに落ちていたって。……でも、うちの敷地内におたまが落ちることなんてないと思うし、レニが持っていたおたまはすごく質のいいものに見えたの」

「それは――魔法か？」

「……きっと」

ウォードの真剣な顔に、ソニヤも真剣な顔で返した。

「レニは水属性の魔法使いかと思っていたけれど……もっと、すごい力を持っているのかもしれないわ」

「そうだな」

「なんて説明していいかわからないのだけど、レニはものを取り出せる魔法を使えるんじゃないかって思って……」

「ものを取り出せる魔法、か……」

夫妻はレニが元女子高生の転生者で、ステータスやアイテムボックスを使えるということは知らない。レニもなにもばれていないと思っている。だが、レニと暮らすうちに、夫妻はレニの能力について、かなり真実に近づいていた。

「でも、ものを取り出せる魔法なんて聞いたことがないの。火や風、光や闇の属性なら聞いたことがあるんだけれど……」

「ソニヤでも知らない魔法なんてあるのか？」

「わからない……。でも、水属性の魔法使いというだけではない、それはたしかだと思うの。……もし、レニがエルフのこどもだとしたら……」

ソニヤはそこまで言うと、言葉を濁した。ウォードは不安げなソニヤの手を、安心させるようにそっと握った。

その力強さにソニヤはほっと息を吐く。そして、夫妻は見つめあった。

「レニは天才だわ」

「そうだな天才だな」

素直に受け止め、率直に称賛する二人。自らのこどもを『天才』と称することに戸惑いはない。なぜなら、夫妻にとってそれが真実だからだ。

「レニを隠し通さないと……」

「そうだな……せめて、もうすこし大きくなるまでは……」

夫妻はそう言って、頷《うなず》きあった。

第二話　最強装備とアイテムで家族を守ります

私が最初に畑に肥料を撒《ま》き、それを吸収した土を畑全体に広げてから、はや一年。

私は三歳になっていた。

これまでは赤ちゃん感が強かったが、そろそろ立派な幼児である。こどもという言葉が似合うようになってきた。

畑のほうはというと、これがかなりいい感じである。

これまで芋やにんじん、たまねぎなどの収穫量は多くなかった。

けれど、今では芋を植えれば一つの苗から二〇は穫《と》れるし、にんじんは種を植えれば、甘くてまろやかなものがたっぷり穫れた。たまねぎもいい具合に太って、まんまるで大きい。今ではグオーラさん家の野菜はおいしいとご近所さんにも大評判。

さらにS素材もざっくざく穫れている。

最初、畑からS素材である【薬草（特）】が生え始めたとき、母は悲鳴を上げ、父は薬草が生えた畑に囲いを立て、周囲からそれが見えないようにした。

一般家庭の畑にS素材が生えてくることを知られるのは、よくないらしい。

父と母は畑からS素材が穫れたことを隠し、猟師をしている父が、森で採取したことにした。そして、父の伝手《つて》で、道具屋に卸しているようだ。

畑に生えた【薬草（特）】、【睡眠草（特）】、【爆薬花（特）】などのたくさんのS素材は、母が採取、乾燥をさせ、父が売る。そうして、たくさんの資金を得ることができた。

これで、私が当初に計画していたことはすべて完遂できたと思う。

・父を元気にすること

・畑を肥えさせ、収入源を確保すること

だから、わが家は貧乏から脱出できるはずだったんだけど……。

「やっぱり、びんぼうなまま……」

恐ろしいことに、一向に豊かにならない。貧しさがとまらない。

なぜわが家が貧乏なのか、できる範囲で調査をしてきた。そこでわかったことは――

「しゃっきんをしてるみたい」

そう。どうやら父と母はだれかに借金をし、その返済やらなんやらで、首が回らなくなっているようなのだ。

でも、そんなことってある？

健康で若い父と母が寝る間も惜しんで働き、畑に生えるS素材を売り、野菜も豊作で食うには困らない。それなのに、借金が返しきれないなんて……。

たぶん、借金をしたのは、父が病気になってからだと思う。真面目に働いている二人が、私が生まれる前に、身を持ち崩して借金をしたとは考えにくい。

やはり、父が病気になり、母はまだ働きに出られなかった、生後一か月。あのあたりが怪しい。

その時期にわが家にお金がなくなってしまったため、父か母が借金をし、その返済が現在まで続いていると考えるのが妥当だろう。

「……だまされているよかん」

するよね？　父と母がなにかに騙《だま》されていたり、仕組まれていたりしている予感がすごくする。

だから、家の扉をガンガンッと乱暴に叩《たた》かれたとき、ああ、ついに来たな、と思った。

「おい！　扉を開けろ！　いるのはわかってるぞ！」

「貸した金を早く返せ!!」

――明らかにカタギではない、借金取りの登場である。

扉を叩く大きな音を聞いて、台所で作業をしていた母がすぐさま私の元へと飛んできた。そして、すぐそばにあったクローゼットを開け、そこに私を押し入れた。

「レニ、ここにいて。絶対になにがあっても出てきちゃだめよ」

「まま」

「ここから出ちゃだめよ」

母は真剣な顔で念押しをすると、素早くクローゼットの扉を閉める。その途端、真っ暗な闇が広がった。

ほんのりと香る服の匂い。これは畑で穫れたB素材の石鹸草《せっけんそう》の香りだ。母がいつも洗濯に使っていて、私が改良した畑でたくさん穫れたもの。

いつもの匂いをくんくんと嗅いでいると、ガタンと大きな音がして、複数人の足音が聞き取れた。

どうやら母が扉を開け、借金取りが入ってきたらしい。

「おいおい、この家、本当になにもねぇじゃねーか」

「ひでぇな」

「あーこれじゃあ利子にもなんねぇな」

ぎゃはははという品のない笑い声と、木の床に響くドスドスという遠慮のかけらもない大きな足音。

この感じだと大人の男が三～四人ぐらいか。母は大丈夫だろうか。

「借りたお金はとっくに全額返しているはずです。家には来ないでくださいといってありますよね。さあ、出ていってください」

大人の男、しかもこちらを見下しているような態度の複数人を相手にするなんて恐ろしいだろうに、母は冷静で毅然《きぜん》としていた。

本来なら家に入れず、玄関先で対応したかったのかもしれないが、あちらが無理やりこの家に入ろうとすれば、母に止めることはできないだろう。

早く家から出ていってもらおうと言葉尻を怒《いか》らせる母に、借金取りたちはまた、ぎゃははと笑った。

「おいおい、それが金を借りたやつの態度かよ」

「俺たちが金を借りてくださいって頼んだか？　そっちがお金を貸してくださいって来たんだろーが!!」

ガチャーン！

なにかが壊れる音がした。

……割れたのは、きっと、テーブルの上にあったパンの入ったお皿だ。

わが家は村のパン屋から、売れ残ったものをもらっている。野菜を収穫することはできるけど、パンを畑から穫ることはできないから。

母が早朝から働きに行って、好意でもらっているパン。大事な大事なパン。

借金取りたちはそれの乗ったお皿をテーブルから払い落としたのだろう。

「いいか、借用書はこっちにあるんだよ。お前の名前が入った借用書だ。公的なものだからな」

「……ですから、そこに書いてある額はすべてお支払いしました」

「ああ!? お前が毎月払ってたのは利子だっつってんだろ!!」

ガターン！

借金取りの怒声が響いたあと、クローゼットになにかがぶつかり、大きな音が鳴った。

たぶん、借金取りがテーブルを蹴り、吹き飛んだテーブルが偶然クローゼットにぶつかったのだろう。その瞬間、母が叫んだ。

「やめてください！ 家で暴れるのはやめてください！ お金は……払いますから……」

「あー？ どうやってだよ？ 足りねぇってずっと言ってんだろ？」

母の言葉に借金取りたちが、ぎゃはは、と笑う。

「足りねーんだよ。全然足りねぇ！ かといって、この家にも金になりそうなもんはなにもねぇ。……ああ、一つあるな」

「こんな美人なら、金になるもんな！」

「ずっと言ってんのに、首を縦に振らねぇからこんなことになってんだぞ」

「聞き分けが悪いよなぁ。お前がその身を売れば、借金はチャラにしてやるって言ってんのによ」

借金取りの言葉から、雲行きが怪しい方向へ向かったのを感じた。

これはあれだ。金じゃなくて、母自身を払えと言っている。

たしかに母は美人だ。正直、女神もかくやというほどである。その母の身を手に入れたいと思うのは、おかしなことではなくて——

「それにしても残念だったな。お前にこどもが生まれて、それが女なら、二人とも売れたのによ」

「本当に、こどもが死ぬなんてなぁ。貧乏はやってらんねぇよな」

「ご丁寧に椅子も三つ用意してあるしなぁ。死んだこどもの分か？」

……え。私、死んでる……？

いや、これは父と母が私を死んだことにした、ということなのかな……？

突然の話に混乱していると、また足音がドスドスと響いた。どうやら、立ち止まっていた借金取りたちがまた乱暴に動きだしたらしい。

そして、それと同時に、母の息を飲む音が聞こえた。

「おい！」

「……っ!?」

「これ以上、不幸になりたくなきゃ、いいから俺らと一緒に来い」

「やめてください、離して……！」

母の悲鳴交じりの声。手かなにかをつかまれて、連れていかれそうになっているのだろう。

もう限界だ。母が私を隠そうとしていたから、クローゼットに閉じこもっていたが、さすがに無理だ。

私が死んだことになっているとか、いろいろと考えなきゃいけないけど、とりあえず、今はそれどころじゃない。

——借金取りたちをのす。

心に決め、クローゼットの扉を押す。すると……。

「人の家でなにをやってんだ!!」

バタバタという焦った足音と、低く落ち着いた声ながらも、怒気をはらんだ声。

父だ！

「離せ!!」

その声とともに、足音は複雑に絡みあう。怒声と物音が響き、そして——

「二度と来るな」

父の声は低く唸《うな》っているようだった。いつもの優しい声とは大違い。その声のあとに聞こえたのは、地面になにかが転がる音。きっと、借金取りたちが家の外へ追い出されたのだろう。父強い！

というわけで、クローゼットから出ることは一度中断。その場でそっと呟《つぶや》いた。

「あいてむぼっくす」

アイテムボックス！

選んだのは【隠者のローブ】。これは気配遮断の能力を持つ装備品だ。ゲームの中では、装備をすれば。敵に遭遇せずにマップを進めるというもの。

フードかぶれば、ばっちり。

その状態でこっそりとクローゼットから出て、父と母には『おまかせあれ』と置き手紙をしておく。

玄関まで行くと、父が母を抱きしめていたが、横を通っていく私に気づくことはなかった。

こちらを見ていた気がするが、声をかけられることはなかったので、このローブで気配遮断というか、透明化しているのだと思う。

この状態で私が行うこと。

——さあ借金取りのあとを追いましょう。

家の外に出ると、すぐに借金取りたちを見つけることができた。

どうやら、わが家をあとにして、どこかへ向かうようだ。その背中を急いで追いかける。

【隠者のローブ】は役目を果たしているようで、借金取りたちの背後二メートルのところまで来ても、まったく存在に気づかれることはなかった。

「いってぇ、くそっ」

そこまで近づけば、借金取りたちの声がしっかりと聞きとれる。

借金取りの人数は三。父と戦ったときに負傷したのか、一人は肩を押さえ、あとの二人は腰をさすっていた。

「やっぱりあいつは強いな」

「ああ。普通に相手してちゃ敵《かな》わねぇ」

借金取りたちはちっと舌打ちしながら、父についての話をしているようだ。悔しそうな声音で話す二人。だが、もう一人は、ひひっと嫌な感じで笑った。

「でも、あいつも魔物の前じゃ形無しだっただろ？　仲間を庇《かば》って怪我《けが》をしてよぉ。まさかそいつが俺たちに買収されてるとも知らないで」

「だな。まんまと罠《わな》にかかってくれたもんな」

「そのまま死ねばよかったのに、生き残りやがってよぉ」

その言葉に私は頭がスッと冷静になっていくのを感じた。借金取りの言葉でいろいろなことが腑《ふ》に落ちたからだ。

なるほど。おかしいとは思っていたのだ。

父は腕のいい猟師だと言っていた。今日の借金取りたちとの戦いを見ても、かなりの戦闘スキルを持っていると考えられる。

その父がなぜ、いつもの狩り場、いつもの獲物のはずだったのに、怪我を負い、そこから病気になってしまったのか。

父の慢心でもなければ、運が悪かったわけでもない。

――最初から仕組まれていた。

そういうことだ。

「あいつが死ねば、生活に困った嫁に声をかけて、こどもごと引き取る予定だったのになぁ」

「こどもは女だったんだろ？　惜しいことしたよなぁ。あの嫁のこどもなら高く売れたはずだろ？」

「終わったことを言ってもしかたねぇ。とりあえず嫁に金を借りさせて、今は儲《もう》けてんだからいいじゃねぇか。そろそろ嫁も手に入りそうだしな」

「そういえば、死んだ仲間の家族も養ってるんだろ？　自分が助けられなかったからだって責任を感じて、金を出してるんだってよ。馬鹿だよな。その仲間は俺たちに買収されて、あいつを売ったのに」

「無理やり借金を作らせて、あいつを売るように仕向けたのも俺たちだけどな」

「どうせあとで殺すつもりだったが、魔物に殺されてくれてラッキーだったな。口封じの手間もいらねぇし、死んでもなお、俺たちの役に立ってくれるなんてなぁ！」

「この村のやつらはちょろすぎるな」

借金取りたちが顔を見合わせて、ひひひっと笑う。

その声を聞いていると、胸がムカムカとしてきて――

「あいてむぼっくす」

ぼそりと呟き、ずらりと並んだアイテム名の中から【猫の手グローブ】を選択した。

「けってい」

胸元に現れたのは、ふかふかの毛皮とぷにぷにの肉球を持つ、かわいらしい手袋型の装備品【猫の手グローブ】。

かわいい見た目だが、用途は武器。種類は双剣になっている。

【猫の手グローブ】の錬成にはたくさんのSS素材が必要で、攻撃力も強く、私がゲーム内でず
つと愛用していたものだ。

追加素材で錬成をし、付加を続けたために、ほとんどの敵はワンパン。メインクエストの最終ボ
スでもツーパンで倒せるまでになっていた。

それを両手につけ、ぎゅっぎゅっと手を動かして、調子を確認する。

うん。いける。三歳児の手にうまく入らず、使えなかったらどうしようかと思ったが、【猫の手
グローブ】はしっくりと私の手に馴染《なじ》んだ。

「ちょっといいですか」

借金取りたちに声をかけながら、目深にかぶっていた【隠者のローブ】のフードを頭から外した。

こうすれば、借金取りたちも私のことが見えるはずだ。

借金取りたちは突然聞こえた声にびっくりしたようで、その場でぎくりと体を凍らせた。

「しゃくようしょをわたして」

私の言葉に、借金取りたちが振り返る。

そして、私の姿を見た途端、ふぅと息を吐き、わかりやすく緊張を解いた。

「おい、なんだこどもじゃねぇか」

「お前、あっち行ってな」

借金取りの二人はすぐに私から興味を失くしたようで、しっしっと手を動かし、追い払う仕草をした。

だが、一人は私の顔をまじまじと見て――

「おい、待てよ。見ろ、すげぇぞ」

「「あ？」」

借金取りたちの視線が私に注がれる。

しばらく呆《ほう》けたように私を見たあと、ごくりと喉を鳴らした。

「本当だ……これは、これは……」

借金取りたちは視線を交わしあう。その瞬間、心の中で舌なめずりしたのが簡単にわかった。

こんなにわかりやすくていいの？

借金取りたちの態度に胸のムカムカはより強くなる。

借金取りたちはそんな私の胸中など知らず、不自然なほどの優しい笑顔を私に向けた。

「お嬢ちゃん、どこから来たんだい？　おじさんたちに道案内してくれるかな？」

「ちょっと道に迷っちゃったんだ」

にこにこという擬音が似合う笑顔。

私は真顔でそれを受け止めると、気負いなく近づいていった。

「お、案内してくれるのかい？」

「優しいお嬢ちゃんだねぇ」

借金取り二人が私の気を引く。もう一人はというと、荷物を下ろし、なにかを取り出しているようだ。それはたぶん――

「ろーぷとぬのぶくろ」

なるほど。油断させ、借金取りの二人が私を捕まえる。そして、もう一人の借金取りが用意したロープで縛り、布袋に入れて攫《さら》うつもりなのだろう。

「つかまらない」

「「は?」」

借金取り二人が私に手を伸ばす。

私は捕まらないようにその手を右に避《よ》け、もう一人の借金取りへと走り寄った。

「ねこぱんち!」

脇を締めて、右手をしっかりと引く。左足でしっかりと踏み込み、体重を乗せてパンチ!

私の言葉と同時に繰り出したパンチは、ロープと布袋を用意していた男のお腹にしっかりと入った。

が、そうは言っても、ただの三歳児のパンチ。

みぞおちに入ったとしても、ちょっと痛いだけですぐに復活できるだろう。

だけど――

私が追加素材を重ね、たくさんの効果を付加した【猫の手グローブ】で【猫パンチ】を繰り出せば、三歳児のパンチが衝撃波となるのだ!

「おほしさまになぁれ！」

言葉と同時に借金取りのお腹のあたりに空気が圧縮される。

そして、圧縮された空気は借金取りの方向に一気に解放されて――

「――ッどぅわぁああっ!!」

――キラン
ロープと布袋を用意していた男は、そのまま空の彼方《かなた》に吹っ飛んでいった。

「まずはひとり」

衝撃波の反動が私に来たらどうしようかと思ったが、さすが【猫の手グローブ】。反動はなく、私自身への影響はゼロだ。

「な……なんだこれ……」

「どうなってんだ……？」

お星さまになった借金取りの行方を目で追った残りの二人がぽかんと口を開ける。

私はそんな二人に向き直りながら、両手を合わせ、力を入れた。

私の力の入れ加減に合わせて、ピンク色のかわいい肉球からキュムキュムと音が鳴る。

「おい、お前なにをしたんだ」

「ぱんちです」

「あ？」

「しゃくようしょをください」

「くそっ！　大人を舐《な》めてんじゃねぇぞ!!」

ちゃんと質問に答えて、丁寧語で話したのに、借金取りは額に青筋を浮かべた。

そして、二人のうちの一人が怒鳴り声を上げながら私に向かって走ってくる。

私はそれを見ながら、冷静に左の【猫の手グローブ】の爪を出した。

ほら、猫って爪を出したり引っ込めたりできるでしょ？　この【猫の手グローブ】もそういう機能があって、私の意思で自由に爪を出せるのだ。

というわけで。

「ねこのつめ！」

私へとたどり着くまで、まだ時間がかかりそうな借金取りを見ながら、左手を振り上げる。そして、借金取りがこちらに来ていないにもかかわらず、右下にかけて袈裟《けさ》斬《ぎ》りにし、空間を切り裂いた。

その途端、空間が五つに裂け、まっすぐに借金取りに向かっていき――

「おほしさまになぁれ！」

「ぐあぁああ!!」

――キラン
私に向かって走り寄っていた借金取りは、切り裂かれた風に呑《の》まれ、空の彼方へと吹っ飛んでいった。

「これでふたり」

飛んでいった空を見上げて、ふむと頷《うなず》く。

【猫の爪】は、本来は対象物のそばまで近づいて攻撃する近接技だ。でも、これも付加に付加を重ねたおかげで、中距離攻撃として風を起こせるようになったのだ。ここでもしっかりと機能してくれた。

「お……お前……」

最後の一人。残った借金取りを見つめて、両手を合わせて力を入れる。すると、また、ピンク色の肉球がキュムキュムと鳴った。

「しゃくようしょをわたして」

一応、三人の中では一番えらそうにしていた人を最後に残してみた。

この人が借用書を持っていて、素直に出してくれるといいんだけど……。

腰が抜けたのか、座り込んでいる借金取りへと近づいていく。すると、借金取りはわかりやすく顔を青くした。

「わ、わかった、待て、出す。……っ出すから!!」

そう言いながら、止まれ止まれ!! と、私に向かって、てのひらを向けてくる。

私としては借用書をもらえればそれでいいので、大人しくその場にぴたりと止まった。

男は、ほっと息を吐くと、急いで胸のあたりを探った。手を入れたのは、ベストの内ポケット。

そこに借用書が入っていたのだろう。

「ほら、見ろ、これだろ!?　それともこっちか!?」

そう言って、男が見せてきたのは二枚の借用書。

詳しいことはよくわからないが、長々とした文章と、一番下には名前と血判が押されているようだ。一枚は——母の名前。もう一枚は——だれだろう？

……あれかな？　借金取りたちが言っていた、父を売った仲間の借金ってやつかな？

父は私たちの生活だけではなく、父を売った仲間（もう死んだみたいだ）の家族も養っていると言っていたから、これももらっていけばいいだろう。

「このむらのしゃくようしょはこれでぜんぶ？」

「え、あ……この村の借用書……？　いや、まだ……」

私の質問に借金取りがもごもごと答える。どうやら、これだけではなく、まだなにかあるようだ。

でも、まずはこの二枚だけあれば、用は済むだろう。

「ほら、ここだ、置くぞ」

借金取りはそう言うと、胸元から出した二枚の借用書を地面の上に置き、石を重しにした。

なるほど、取りに来い、とそういうことか。

私が一歩近づくと、借金取りは慌てて立ち上がった。抜けていた腰は治ったのだろう。借金取りはそろりそろりと距離を取り、借用書から一・五メートルぐらいのところで止まった。

——罠だ。

借用書を地面に置くことで、それを取ろうとすると屈《かが》まないといけなくなる。そして、屈むということは、【猫パンチ】も【猫の爪】も使いづらい体勢になってしまうのだ。

その間にこの借金取りは逃げ去るのか……。いや、一・五メートルの距離で止まったということは、そこから飛びかかれば、私を捕まえることができるという算段なのかもしれない。

地面から拾い、こちらに持ってこいと言ってもいいけれど……。

「とりにいく」

あえて。相手の策略にはまることにしよう。

なんといっても私はまだ三歳。借金取りにこのまま借用書を持って逃げられると、追いかけるのが大変なのだ。

【猫の爪】がうまく当たればいいが、当たったら当たったで、借用書ごとどこかに飛んでいってしまう。借用書自体は手元に欲しい。

「ああ、ほら……」

借金取りが顎《あご》で借用書を示す。

私はそれに頷くと、すたすたと近づいていった。借用書を拾おうと体を屈めた途端――

「ひひっ!! やっぱりこどもだな!!」

借金取りの笑い声とザッという地面を蹴る音。たぶん、私に向かって飛びかかっているのだろう。

私はそれを一瞥《いちべつ》することもなく、尾てい骨のあたりにあるものをヒュッと動かした。

「ねこのしっぽ!」

ふかふかの毛皮で覆われた、滑らかに動く細長いそれが、飛びかかってきていた男の胸に当たる。

そして――

ラーン

「おほしさまになぁれ！」

「ひぎゃぁあああ!!」

——キラン
素早く、鞭《むち》のように動いたそれに弾《はじ》かれた男は空の彼方へと吹っ飛んでいった。

「よし。さいご」

さすが私。最強三歳児。

ご機嫌にふふんと胸を張れば、頭の上についた三角の耳がピコピコと動いた。

そう。今、私の頭には猫の耳がついていて、私の意思で動かせる。

【猫の手グローブ】はその名の通り、猫の手の形のグローブだが、それを装備すると、キャラクターに猫耳と猫しっぽが生えるのだ。

【猫パンチ】は打撃系、【猫の爪】は斬撃系、【猫のしっぽ】は鞭系の攻撃技で、近接系ならば隙《すき》がない。

キャラクターの容姿が変化するため、装備中は猫の獣人のように見える。

私の姿を見た借金取りの三人はお星さまになったけれど、もし、どこかから私の情報が漏れたとしても『猫獣人のこども』になるはずだ。

【隠者のローブ】のフードを脱いで、顔を晒《さら》しても安心安全。

【猫の手グローブ】は耳もしっぽも自由に動かせるし、変装もできる、最高の武器！

というわけで。

「わがやをいんぺいしよう」

わが家を隠蔽《いんぺい》。

ほら、悪いやつらって不思議と湧いてくるから、借用書がなくなり、父たちが借金を返さなくなったら、絶対にわが家にやってくると思う。

今日の感じだと父は返り討ちにしてくれるだろうが、母のことは心配だ。

借用書を地面から拾い、【隠者のローブ】のフードをかぶり直し、家までの道を戻る。

「あいてむぼっくす」

家の前でそう呟いて、ずらっと並ぶアイテム名の中から、必要なものを選んでいく。

今回使うのは【回避の護符（特）】。

ゲーム内ではダンジョンマップで使用するものだ。ダンジョンが広く、街マップに戻れないとき、ダンジョン内でキャンプをするときに使う。

ゲームではキャンプをすれば体力、魔力、ほかのマイナスになっていたものが回復するのだが、一定の確率で魔物に遭遇したことになり、キャンプ失敗判定が出る。

【回避の護符】をキャンプのとき使えば、その失敗判定が少なくなるのだ。

（並）、（上）、（特）と成功確率は上がる。この護符に（神）はなくって、（特）で一〇〇%成功する。

キャンプに使用できる護符は他にもあって、回復の値を大きくするものや、特殊効果を付与するものなんかもあった。

今回はわが家に敵意を持ってやってくるものを寄せつけなければいいので、【回避の護符】でいいだろう。

ゲームでいえば、この村は街マップなので、本来はこの護符は使えないんだけど、うまくいけばいいなぁ。

私は借金取りたちを敵判定しているから、キャンプ地であるわが家を見つけられなくなると思うんだけど……。

「うめればいいはず」

ゲームで【回避の護符】を使ったときには、護符を地面に埋めるモーションが入る。

なので、装備を【猫の手グローブ】から【おたま】に替えて、取り出す【回避の護符（特）】を選んで——

「けってい」

右手におたま、左手には魔法陣の書かれた紙。護符だ。さ、地面を掘るぞ！

「……かたぁい」

固ぁい……。畑の肥料撒きは、おたまでがんばったけど、踏み固められた地面の固さ……。

でも、めげない。ゲームではこんなこと日常茶飯事だからだ。

すこしずつでもコツコツやっていけば、必ず強くなる。小さなことの積み重ねが大切なことを私は知っている。できる！

——カリカリ……カリカリカリカリ……カリカリカリカリカリカリカリ……

「ふわぁ……」

暑い。【隠者のローブ】を脱ごう。

「あいてむぼっくす」

装備品の【隠者のローブ】をアイテムボックスに返し、元通りの姿に。

さ、引き続き――

――カリカリ……カリカリ……カリカリカリカリカリカリ……

「ふわぁ！」

気づけば手が土で真っ黒。その手で額の汗も拭《ぬぐ》ったから、顔にも土がついちゃったかも。でも私はやりました！

地面を三〇センチほど掘って、そこに畳んだ護符を入れる。そして、土をかける。上から踏む。

この作業をやりとげました……！

思わず声を出して喜んでしまう。

すると、後ろから焦った声が聞こえてきて――

「レニ!!」

「ぱぱ」

ぎゅうっと抱きしめられた。

レニが護符により家を隠蔽《いんぺい》した夜。

ウォードとソニヤの夫妻は手元に戻った借用書について、話す時間を設けることにした。

四人掛けのダイニングテーブルに三つのイス。いつも通り、夫妻は対面に座り、コップに注いだ白湯《さゆ》を飲む。そして、ふぅとため息をついた。

「……これはどういうことだと思う？」

「私は……レニがなにかをしたんだと思っているわ」

「そうだな」

ウォードの問いかけにソニヤは真剣な顔で返す。

二人の会話の話題はもちろん、帰ってきた借用書について。ダイニングテーブルに置かれた二枚の借用書は長年、夫妻を悩ませていた。

それが、いともたやすく戻ってきたのだ。

……たった三歳の娘の手によって。

「村の一人が俺の猟場まで駆けてきて、知らないやつが家に入ったと聞いたときは胆《きも》が冷えた。なんとか間に合いやつらを追い払って安心したのに、レニがいないとわかって、生きた心地がしなかった……」

「私もよ。たしかにクローゼットに隠れてもらったはずなのに、クローゼットにはこの紙だけなんだもの」

夫妻はレニがいるはずのクローゼットを開けた瞬間を思い出す。

どう見ても姿がない。呼んでみたが出てこない。

レニのことだから、クローゼットよりもっと安全な場所へと隠れたのか、と家中捜したが、どこにもレニの姿はなかった。

そこでもう一度クローゼットを捜してみれば、そこから出てきたのは、この家には不相応な立派な紙。そこにはたどたどしく文字が書かれていて——

「『おまかせあれ』か……」

「この言葉はね、レニがときどき使うの。一緒に過ごすようになって、私がちょっと困っていると『れにおまかせあれ』って言ってね、いつも問題を解決してくれて……。だから、レニがなにかしてるんだってすぐにわかったんだけど、まさか借用書まで……」

レニが取り返してきた二枚の借用書。それを見る夫妻の目は複雑な色をしていた。

「……私がここにいて、レニがここにいる。それを悟られたくなくて、ずっと目立たないようにやってきたのに……」

「この借用書を公に出されては困る。だから言われるままに金を払ってきたが、もっと考えるべきだったな……」

夫妻とて、法外な借金の取り立てに、策を取るべきか話し合ってはいた。だが、結局は幼いレニにすこしでも危険がある方法を取ることができなかったのだ。

それが消極的な方法であるとはわかっていたが、金を払って納得してもらえればそれが一番。そう思い、これまで暮らしてきたのだが――

「そのときが来たのよね……」

「そうだな。レニは機を逃さなかった。……自分で道を選んだんだ」

「……そうね」

夫妻は二人で頷《うなず》きあい、泣き笑いのような表情をした。

「本当に、生まれてきてくれたのがレニでよかったわ」

「ああ、そうだな」

「きっとレニじゃなければ、乗り越えられなかったと思うの」

「レニは最高の娘だ」

二人がいつもいつも繰り返す言葉。

何度も何度でも。

「レニは天才だわ」

「そうだな天才だな」

夫妻はその思いを強くした。そして同時に――

「私たちには隠し通せない」

「せめて、もうすこし大きくなるまでは、と考えていたが……」

家族で。この村で。

たった三年。借金に追われ、家族水入らずで過ごすことはあまりできなかった。

けれど、夫妻にとっては大切な日々だった。

「二人で一緒にやろうと決めて……。まさかこどもに恵まれるなんて思わなくて……。でも、本当に幸せだったわ。あのとき、すべてを捨てて、あなたの手を取ってよかったって、今でもそう思うの」

ソニヤがふふっと笑う。ウォードは一度、鼻を啜《すす》って、優しく笑う妻の手を握った。

「俺も毎日幸せだ」

「ええ」

二人のあいだに柔らかい空気が漂う。そしてウォードは、そういえば、と話を続けた。

「今日、レニを見つけたとき、家の前で土遊びをしてるときと変わらない様子だったぞ」

「そういえば、ほっぺに土を付けていたわね」

「俺が焦っていたのに、抱き上げてみれば、なに？　って不思議そうな顔をしてた」

「……思い浮かぶわ。レニはいつも『だいじょーぶ』って自信たっぷりなんだから」

「それで、借用書を『はい』って渡してくれてな……」

「『おちてた』って、にこにこ笑って……」

「借用書が落ちてるわけないのにな」

「レニは自信たっぷりだけど、そういうところがかわいいのよね」

「そうだな」

大事な娘のことを思えば、自然に笑みがこぼれる。

だからこそ――

「……私が、あの子に連絡を取ってみます。きっとレニを守ってくれる」

「そう……だな……。ああ。そうしてくれ」

借用書を取り返して、母はパン屋の仕事をやめ、父もあまり仕事に行かなくなった。

借金を返す必要がなくなったので、二人とも時間に余裕ができたのだろう。

パン屋の仕事は、父の仲間（父をはめて怪我《けが》をさせたが、結果、自分が死んでしまった）の奥さんが引き継いだらしい。その仕事を続ければ、母一人子二人の家族は暮らしていけるようだ。

父をはめたことに関しては思うこともあるけれど、そもそもの借金も仕組まれていて、それの目的がわが家にあったとすれば、卵が先か鶏が先か理論になってしまう。

借金を払わなくて済むことによって、わが家と向こうの家とがお互いに自立して暮らしていけるなら、それでいいんだと思う。

これから、大きなお金が要るとき（こどもの進学とか結婚とか）には父は援助をしていくつもりらしいしね。

父と母がこの先も村で暮らしていくのなら、私が出る幕はなさそうだ。

父は仕事の時間がぐっと少なくなり、今は罠猟《わなりょう》を主にしているらしい。

罠を仕掛けて、獲物を回収することは続けているが、大物を獲《と》るために遠くまで行ったり、昼夜追いかけ続けたりというようなのはやめたようなのだ。

その分、家のことをしたり、畑仕事をしたり、家族団欒《だんらん》の時間をとったり。

なんだか最近の父はずっと私を抱っこしているような気がする。隙《すき》あれば抱っこしてくる。

今まで病気をしていたり、忙しかったりした分、それを取り返そうとしている感じ、かな。

父に抱き上げられると、視線が高くなって楽しいし、足も楽だから私もうれしいしね。

——と一見平和だけれど、もちろん、それだけで済むわけがない。

借用書は借金取りたちにとって、わが家を脅す重要アイテムだったわけで、なぜ金を巻き上げていたかというと、母を連れていくためだ。

ただのお金目当てだったほうが、楽だったのになぁ……。それならわが家でなくても代わりはいる。

でも、母を目的としている限り、わが家は狙われ続けてしまう。

現に今も……。

チリンチリン
さあ、これから寝ようか、という時間で私の腰元で小さな鈴の音が響いた。

「てきだ」

ベッドに横になっていた体を起こし、掛け布団をゆっくりとどける。

父と母は私を寝かしつけたあと、一階のダイニングに移動していった。

私はうとうとしていたところだったんだけど、すばやく準備を整えていく。

さっきの鈴の音は【察知の鈴】という、敵が近くにいると鳴るようになっているアイテムだ。

これが鳴るということは、この家の周辺に敵がいる、ということである。

これまでも何度か音がしていて、父と母の前でも鳴ったことがあった。が、二人は気にした様子がなかったので、鈴の音は私にしか聞こえていないようだ。

それにしても。

「こりない」

懲りない。借用書を取り返してから一週間。毎日、何人かでこの辺りをうろうろとしていく。

ただ【回避の護符（特）】はちゃんと機能しているようで、わが家を見つけることはできていないようだけど――

「このままじゃだめ」

このままだと、母が危険なことに変わりがない。

たぶん、父が仕事の時間を少なくしたのは、私と母のことを心配して一緒に家にいるようにしてくれているのもあるんだと思う。

私と母は家にいて、外に用があるときは父が行っている。

この家は安心とはいえ、父はそれを知らないわけだし、母だって知らない。だから、この一週間はずっと気が張っている状態なんじゃないかなぁ……。

というわけで。

「あいてむぼっくす」

呟《つぶや》けば、ずらっと表示されるアイテムたち。

装備品に【隠者のローブ】、【猫の手グローブ】をつける。

そして、今回は【羽兎《はねうさぎ》のブーツ】も！

「けってい」

言葉と同時に装備品を身につけた状態になった。

「うん。だいじょうぶ」

新しく履いた【羽兎のブーツ】の状態を確かめるようにその場でぴょんと跳ぶ。

すると、体がふわっと浮き上がり、重力の影響がかなり弱くなったのを感じた。

「これであしもはやくなる。つかれない」

くすくすと笑う。

レベルカンストしているんだけど、そこはやっぱり三歳児だからだろう。ちょっと歩いたり走ったりしただけで、へとへとになってしまう。

【羽兎のブーツ】はその名の通り、羽のついた兎《うさぎ》の魔物の素材を集めて作るものなんだけど、素早さの上昇値が非常に高い。さらに、付加効果として【飛翔《ジャンプ》状態】となる。

今試した感じだと、常に飛翔《ジャンプ》しているわけじゃなくて、足を蹴り出す力によってちょっと飛翔《ジャンプ》するって状態かな。

「よし。あとをつけよう」

まだ腰につけておいた鈴はチリンチリンと鳴っている。

私は最後にベッドの上にそっと手紙を置いた。

『おまかせあれ』

――さあ、悪いやつらをふっとばしましょう！

装備の確認をし、手紙を置いた私は、ベッドから窓枠へとよいしょと登った。

両開きの窓の片側を押せば、ぎっと木の擦《こす》れる音が鳴ったあと、外へと開く。

寝室は二階なので、下を見れば結構な高さがあるが、【羽兎のブーツ】があれば大丈夫。

とくに恐れもなく、ぴょんっと窓の桟を蹴って、飛び降りた。

「じゃんぷ！」

一瞬の浮遊感。

重力に従い、すぐに落ちていくはずの体は、【飛翔《ジャンプ》】の効果のおかげで、ふわふわとゆっくり降りていった。

「ちゃくち、よし」

【隠者のローブ】のフードが脱げていないことを確認し、とことこと歩き始める。

二階の窓はすこし開いたままになってしまったが、仕方ない。

父と母は夜にゆっくりと話をするのが習慣みたいだし、私がいないと気づくのはもっと後だろう。

気づいたとしても、置き手紙があるから問題なし。

【察知の鈴】はいまだにチリンチリンと鳴っているし、近くに敵がいるはずなんだけど――

「……いた」

星明かりを頼りに、家の周りを回ってみれば、何人かの男がうろうろとしているのがわかった。

全員、黒い服を着て、口元には黒い布を巻いている。

うん。非常に物騒な格好だ。圧倒的な不審者感。

「おい……どうだ」

「全然、意味がわかんねぇ……村のこの場所に家があったはずだろう……？」

「どうなってんだ……」

戸惑ったような不審者たち。人数は全部で六人いた。

前に来た人数の倍ほどいるが、どうやら、わが家を見つけることができないでいるようだ。

すこし観察してみてわかったが、【回避の護符（特）】は精神干渉をしているのかもしれない。

・不審者たちがわが家に歩みを進める。

・しかし、護符を埋めた辺りで急に足を止める。

・なぜか別の場所へ足を向ける。

これを先ほどから繰り返しているのだ。

本人たちは必死に探しているようだが、その姿は……マヌケだよね。わが家は目の前なのに、大人が六人も揃《そろ》っていて、なんの手がかりも得ることができていないんだから。

さすが【回避の護符（特）】。いい仕事をしている。

思わず、くすくすと笑ってしまうと、不審者の一人が私の笑い声に反応し、ザッと辺りを見回した。

「つ……！　おい、今、だれかいたか？」

「いや……え、……どうだ？」

「俺たち以外はだれもいねぇが……」

不審者が探しているわが家は目の前。そして、笑い声を立てた私はすぐ後ろに立っている。けれど、不審者の目にはなにも映っていなくて――

「くそっ、ここにいてもどうしようもねぇ。いったん帰るぞ」

不審者たちの中で一番大きな体の男が、手で合図をして全員を集合させた。この人がリーダーなのかな？　前にわが家に来た人とは違っている。

リーダー格の男が、他の五人に指示をして、どうやら一度引くらしい。

まぁ、こんな格好でうろうろしているのを村の人に見つかって、憲兵でも呼ばれたら困るだろうしね。

「……なあ、……俺、ちょっと怖くなってきた……」

集合した六人のうちの一人がぼそりと呟いた。

そして、それをきっかけとして、他のやつらもぼそぼそと話し始める。

「奇妙だよな……」

「ああ……こんなことあるか？」

「……俺、笑い声が……聞こえた……」

不審者たちは恐怖を抑えていたようだが、さっきの一人の呟きで、それが漏れだしてしまったようだ。

私から見ると、笑ってしまう狼狽《ろうばい》ぶりだけど、当の本人たちにしてみれば、まさに今、怪奇現象に遭遇しているような気持ちなのだろう。

星明かりしかなく、黒い布で口元を隠しているから、表情はほとんどわからなかったけど、全員、顔色が悪くなっているように見えた。

「……もう、手を引いちゃだめなのか」

「そうだよな……たかが女一人だろ」

「今まで十分稼いだんだし、もういいよな……」

「……関わらないほうがいいんじゃないか？」

「なあ、もうこれ以上――」

不審者五人がリーダー格の男に言い縋《すが》る。

だが、リーダー格の男は「……うるさい」と、声を落として、五人に告げた。

「俺たちだけの問題じゃねぇんだよ。この街で仕事を続けたいならやるしかねぇ、今さら引けねぇんだ」

語気の強さに他の五人は黙る。

そんな五人を見て、リーダー格の男は、先ほどよりも明るい声を出した。

「それにこれが成功すれば、上との関係が強固になる。今後一生、金には困らねぇぞ」

リーダー格の男の布で隠された口元。私からは見えないけれど、雰囲気で、にやりと上がっているのを感じた。

押し黙っていた五人にとっても、その言葉は魅力的だったようで、それぞれで目配せしあう。

そして、「そうだな」と頷《うなず》きあった。

「また昼に来ればいい」

「ああ。なんでこんなことになってるかはわかんねぇが、なんとかなるだろ」

「家がわからなくても、女だっていつかは外に出る。この村にいるのは間違いねぇんだから、それを捕まえればいいだけだしな」

「男のほうは何度も見てる。男を捕まえれば、どうしようもなくなって女も出てくるだろ」

「男だっていくら強いといったって、この村のやつらを人質にとれば、捕まえることもできるはずだ」

わが家を怖がっていた不審者たちが、下卑た考えを次々と口にしていく。

「話はアジトに帰ってからだ。行くぞ」

リーダー格の男はそれを一度止めると、わが家から離れていく。

他の五人も話をやめ、男についていった。

「はぁ」

思わずため息をついてしまう。

すると、一番後ろを歩いていた不審者がビクッと肩を震わせて、振り返った。

「……なあ、今、なんか聞こえなかったか？」

「いいや？」

「そうか……いや、なんでもない」

【隠者のローブ】の効果は抜群。

振り返った不審者は、私がいる辺りを見てはいるものの、目は合わない。私が声を立てなければ、気配も感じないはずだ。

そそくさと去っていく不審者たちを追うために地面を蹴れば、【羽兎のブーツ】のおかげで軽くなった体は、どんなに歩いても疲れそうにはなかった。

このままアジトまで案内してもらうため、不審者たちに、私もついていく。

たどり着いたのは、村から一番近い街。

父が病気で動けなかった頃に母が働いていたあの街だ。

街は魔物対策のために塀がぐるりとあり、門には兵が立っていた。

この街は基本的に夜間の出入りはできないようになっていると母から聞いたことがある。

そんなに警備が厳しい街ではないので、緊急時や夜間の仕事があるものは出入りは可能だとも言っていたけれど……。

でも、こんな不審者たちがどうやって街に入るんだろう？

不思議に思いながらも、不審者たちの動向を見守る。

すると、驚いたことに、不審者たちはなんの対策も取らず、正門から街に入ろうとした。そこには門兵がいるのに。

きっと、捕まる。

あるいは話を聞かせてくれ、と別室に連れていかれるはず。

でも——

「入るぞ」

「はい」

——スルー。

門兵はこんな怪しい集団を全スルー。

不審者たちは堂々と正門から街に入っていく。

もちろん私の姿は門兵にも見えていないので、その不審者たちに続けば、簡単に街へと入れた。

不審者たちは、口を隠す布は取ったものの、それ以外はなんの警戒をすることもなく、表通りを歩いていく。何人かとすれ違ったが、それも気にしている様子はない。

そうして、歩みを止めたのは、表通りの一本奥の通りだった。

表通りにもたくさんの建物がぎゅうぎゅうに立ち並んでいたが、こちらの通りのほうが隣との距離がない。

夜だからわからないが、採光もあまり望めそうにないだろう。

不審者たちはそんな建物の一軒へと入っていった。

木造三階建て。同じような造りの建物がたくさんある中で特徴的なのは、扉の上に掲げられた看板。

『スラニタ金融』

看板にはそう書かれていた。

「やっぱりしゃっきんとりだ」

その文字を見て、不審者たちが借金取りだったとわかる。

『スラニタ』というのはこの街の名前。『金融』はそのまま金貸しの意味だから、非常にわかりやすい。

生活費と父の治療費が必要だったときに、母がここでお金を借りたのだ。

表通りから一本奥に行ったといっても、きれいな外観の建物。まさかこんなことになるなんて、母にはわからなかったと思う。

それにしても。

「へんだよね」

不審者であることを隠しもしないまま、正門から街へ。

そして、まっすぐにアジト（とリーダー格の男は言っていた）に戻るなんて不用心にもほどがある。

というか、街がこういう行為を許しているようにも見える。

「うえとかんけい、かぁ……」

リーダー格の男の、『上との関係が強固になる』という発言も気になるよね。

これまでのことを考えれば、美人の母を売るためだけに仕組んだにしては、手が込みすぎている……ような気もする。でも、母は女神様みたいにキレイだからなぁ。

ま、とにかく、今、私がやることは。

「じゃんぷ！」

ぴょんっと地面を思いっきり蹴って【飛翔《ジャンプ》】。

ふわっと浮いた体は重力を感じさせず、一気に木造三階建ての屋根まで飛び上がった。

「ちゃくち、よし」

屋根にしっかりと両足をつける。

この建物には少なくとも六人の借金取りがいることがわかっているが、もしかしたらもうすこしいるかもしれない。

玄関から堂々と入って、一人ずつ倒してもいいんだけど、相手の人数が多いと逃げられる可能性がある。

私の存在に気づいておらず、油断しているのだから、どうせなら一網打尽にしたい。

建物ごと吹き飛ばす手もあるけど、ちょっと聞きたいことがあるんだよね。

なので、外からはバレないように中の人だけを片付けてしまいたい。

そこで、私が考えた作戦は――

「ねこのつめ！」

言葉と同時に、屋根に向かって手を振る。

すると、【猫の爪】が発動し、屋根に向かって、五本の筋が走った。

そして――

ガラガラガシャーン

木造三階建ての建物の屋根が支えを失くし、落ちていく。

さらに【猫の爪】の威力は衰えず、落ちた屋根は三階、二階の床もろとも一階までたどり着いた。

そう私の考えた作戦とは。

「りふぉーむです」

なんということでしょう。日当たりが悪く、採光の望めなかった一階にまで、星明かりが差し込んでいます。

最強三歳児の匠《たくみ》の手によって、一階からも、星空がとってもきれいに見える吹き抜けに！

そして、吹き抜けになるということは、屋根が落ちたということだ。

なので、屋根を足場にしていた私も同時に家の中へと落ちていく。

【羽兎のブーツ】のおかげでふわふわとゆっくり降りていった私は、一階の床に両足をついた。

「ちゃくち、よし」

「ぐぇ」

足を置いた瞬間、床から潰《つぶ》れたカエルみたいな声がした。

たぶん、ちょうど人がいたんだろうね。

「うっ……うぐっ……」

「あが……」

よく耳を澄ませば、そんな声がたくさん聞こえてくる。

家の中に入ったのは六人だったけど、中にはもうすこし人がいたのかもしれない。一撃で全員昏《こん》倒《とう》させちゃったから、よくわからないけれど。

一気に仕留めたほうが楽かなぁとリフォームしたが、完璧にうまくいった。

さすが私。最強三歳児。

ふふん、と胸を張る。そして、まだやりたいことがあるので、次の作業を開始した！

「はっくつ！」

次の作業。それは発掘作業です。

「ひと、き、ひと、き、ひとひと、き」

一階の床に積み重なった、なにかの木材や壊れた家具をひょいひょいと【猫の手グローブ】の爪にひっかけ、選り分けていく。

人は左、木は右。

大まかに人と瓦礫《がれき》を分けながら、一階の床が見えるまで掘り起こしていく。

そうしているうちに、目当てのものを見つけて――

「いた。りーだー」

重そうな家具をどけると、そこには大柄な男性。

そう。これはわが家にやってきた六人の中のリーダー的存在だ。

他の人はわが家に関わるのをやめようとしていたが、この人がそれを止め、会話を誘導していた。

そのせいで、だれも諦めず、引き続きわが家が付け狙われることになってしまったんだよね。

この人がいなければ、比較的平和にわが家の問題は解決できたはずだ。

「はなしをする」

というわけで、リーダーとは話し合いが必要だと考えた。

見つけたリーダーを爪でひっかけて、ずるずると引っ張っていく。

屋根はなくなったものの、壁は四方向とも存在している。なので、北側の壁に背をもたれさせて座らせた。

「おきて」

声をかけてみたが、リーダーが返答をする気配はない。

リーダーを発掘するまでに、たくさんの木材や家具、人をどけた。

重量がかなりかかっていたみたいだから、血がめぐらず、気を失ってしまったんだろう。

うーん。目を覚ますのを待つのもめんどくさいなぁ……。

悩んでいると、左側から「ひっ」という声が聞こえて——

「なんだこれ……どうなって……っくそっ」

どうやら一人目が覚めたらしい。

男は壊滅したアジトと、無造作に積まれた仲間たちを見て、悲鳴を上げたようだ。

焦った男は立ち上がることもできず、四つん這《ば》いでドアに向かっている。

逃げ出そうとしているんだろう。

「にげちゃだめ」

リーダーは放っておいて、逃げ出そうとした男の前に立つ。

そして――

「ねこのつめ」

ザシュッ
男が進もうとしていた、床に向かって【猫の爪】を繰り出す。

すると、五本の筋がしっかりと床に刻まれた。

「ひぃぃいいい！」

抉《えぐ》れた床を見て、男は四つん這いで来た道を戻っていく。

積み重ねられた仲間たちを盾にして、必死に自分の姿を隠そうとしているようだった。

「もういやだ……やっぱりあの家がおかしい……手を引けばよかったんだ、こんな、こんな……」

怯《おび》えながら、ぶつぶつと呟いている。

私はふむ、と考えると、手近にあった瓦礫をひょいっと爪にひっかけて、ぽいっと投げた。

ガツン！

「ひぃ！」

瓦礫が壁に当たった音。

男はその瞬間ビクッと体を震わせて、悲鳴を上げた。

「助けてくれ……助けてくれ……」

よっぽど心にきたのか、ついに男は両手を顔の前で組み合わせ、祈り始めた。

ガタガタと震えながら、一心に祈る姿は本当に恐怖に染まっていて……。

これ以上、不気味なことは起きてほしくない、その願いがひしひしと伝わってくる。

「なるほど」

「ひぃぃ！」

私が呟いた声にも過剰に反応。

これまでの男の反応から察するに、私の起こすことがすべて怪奇現象に思えているのだろう。

それも仕方がないことかもしれない。

【隠者のローブ】を着てフードをかぶっているので、私の姿を見ることはできず、気配もわからないのだ。

いきなり屋根が落ち、物が勝手に動き、人が積み上げられていく。そして、トドメとばかりに床に爪が刻まれ、壁に物がぶつかれば――

……たしかに怖いかも？

「呪いだ……俺たちは呪われたんだ……ひっ」

ふむ、と手を叩《たた》くと肉球同士が当たり、きゅむっと音が鳴る。

男はそんなかわいい音にも「ひぃっ！」と悲鳴を上げた。

――どうやら、私は悪霊になったみたいだ。

人間には、いろいろな感情があるが「恐怖」は大切なものだ。生きるために必要な生存本能の一つだと思う。

怖いものには近づかない。怖いことはやらない。

その感情があるから、危険を回避できるんだよね。

だから、借金取りが私を悪霊だと勘違いしているのなら、好都合。

足の爪先から頭のてっぺんまで恐怖に染め上げましょう！

というわけで。

「ゆるさない」

呟いてから、瓦礫を一つポイ。

「ひぃぃ！」

すると、瓦礫が壁にぶつかる音と同時に、男が悲鳴を上げた。

非常に小気味よい。

私はくすくすと笑ったあと、キリッと表情を引き締める。

そして、できるだけ怖い声を心がけながら、テンポ、速度、方向を変え、ポイポイと瓦礫を投げていった。

「ゆるさない」

ガツン、ひぃ。

「ゆるさない」

ゴン、ひぃぃ。

「ゆるさない」

ガガガ、ひぃぃぃぃ。

「ゆるさない」

ガシャーン、ひぃひぃひぃ。

「ゆるさないゆるさないゆるさないゆるさない」

「ひぃぃぃぃぃぃっ!!」

さすが最強三歳児の私。なかなかの悪霊ロールプレイ。

非常に怯えているその男のほかにも、途中で目覚めた人たちがいて一緒に怯えていた。

ここまで怯えてくれれば、この男たちが、わが家を襲うことはもうないと思うんだけど……。

「俺たちのせいじゃない、俺たちはただ命令されただけで……」

「そうだ、……俺たちは、ただ……許してくれ……」

身を寄せあい、怯えながらの命乞い。

酌量の余地はないけれど、それはちょうど私が聞きたいと思っていたことだった。

リーダーに聞けばいいかな？　と思っていたけれど、起きないし、この男たちもなにか知っていそうだから、こっちに聞けばいいかも。

うん。聞いてみよう。

「だれにめいれいされた？」

「え……それは……」

「だれ？」

言いよどむ男たちに向かって、瓦礫をびゅーんと投げる。

男たちにぎりぎり当たらなかったガラスの破片は、ぐっさりと壁に突き刺さった。

「ひっ……」

男たちは壁に刺さったガラスの破片を見て、顔を真っ青にさせる。

そして、「勘弁してくれっ」と嘆きながら、言葉を発した。

「この街の長だよ……！」

「──街長《ちょうちょう》のシュルテムだ……！」

怯えた男たちは、顔の前で両手を合わせて、懇願しながら、口を割った。

それは、街の長の名前。つまりこの街で一番えらい人だ。

……そうかぁ。

けっこう上にいる人が母を手に入れようとしていたのかぁ。

ガタガタと震える男たちの前で、私はふむと考えこむ。

「うそ？」

「う、嘘《うそ》じゃない……！」

「本当だ、証拠、……証拠もある……！」

「しょうこ？」

「お、俺たちは詳しくは知らない、でも、本当だ、本当なんだ……！」

「金庫、金庫になんか……」

男たちが恐怖に任せて、でまかせを言っている可能性もある。

けれど、門番が不審者たちを改めもせずに、通したことの理由として考えれば、正当だろう。

「はぁ」

指示した人が思ったよりも大物で、思わずため息がでる。

そんな人に目をつけられたら、めんどうなことこの上ないからだ。

私が住んでいる国は君主制であり、王家が世襲で統治をしている。

それを支えるのは領主と呼ばれる上級貴族たちで、こちらも世襲であり、建国当時から変わっていない。

国を分割し、それぞれの土地を治めているのだが、それを領と呼び、領をさらに分けたものを市と呼んでいる。

領主は市のトップを任命し、それを市長と言っている。

市長に任命されるのは、領主のこどもや兄弟、親戚であったり、功績を挙げた部下であったり。これは世襲制ではなく、王から一代限りの爵位を授与される。これが下級貴族だ。

そして、市に大きな街があれば、そこには市長が任命した街長がつく。ここからは一般市民で、お金を持った商人とか文官が多いかな。

街長は街を治めることももちろんだけど、周囲に町や村があればそこも一緒に束ねることとなっている。

一応、町と村には町長と村長がいるんだけど、これはみんなの合意で決め、取りまとめ役をしている感じだ。

だから、私の村は、ここスラニタの街長がトップなわけで――

「そこにいるんだろ!!」

考え込んでいると、私の頭上をびゅんっとナイフが飛んでいった。

かなり上方だったから、私には全然当たらないけど、もし、私が大人だったら当たっていたかも。

ふーん。そう。そういうことしちゃうんだね。

「……なに？」

ちゃんと怖がってくれれば、それでいいと思ったのに。

まだ反撃する余力があったらしい。

「お、おれじゃない……！　こいつ、こいつが……！」

「嘘《うそ》だ……声が聞こえた方向に投げたのに、なんで当たらないんだ……。まさか、本当に……」

「馬鹿が！　どうすんだよ!!　お前が責任を取れ……！」

ナイフを投げた男が周りの男にどやされながら、一番前へと押し出される。

結局、掘り起こした人はリーダーを除いて一二人。

そのうちの一人が私に向かってナイフを投げたらしい。

私と男たちの会話を聞きながら、位置を特定したようだ。高さは違ったけど、方向はだいたい合っていた。

恐怖って得体《えたい》が知れないから怖いのに、事情聴取のために会話をしたからよくなかったんだろうなぁ。うん。理性を感じると恐怖って減るもんね。

というわけで。

「ゆるさない」

もう、ふっとばしちゃおう。

「ねこのつめ！」

右の爪を出し、下から上に向かって、手を振り上げる。

すると、上昇気流が発生し、小さな竜巻のようなものができた。

竜巻は周りのものを巻き込みながら、男たちへと向かっていく。そして——

「おほしさまになぁれ！」

意識のある人もない人も。

全員まとめて、吹き抜けから空に向かって飛んでいく。

「「ひあああぁぁあ！」」

——とてもきれいな流星群が夜空に。

うんうん、と流星群を見送って、まだ気を失っているリーダーの元へと歩みを進める。

そろそろ本当に起きてほしいんだけどなぁ……。

「おきて」

「……うぐっ」

肉球で頬《ほお》をペシペシと叩くと、ようやく目を覚ました。

ちゃんと加減をしたので、顔がぼろぼろになるとかそんなことはない。ちゃんと普通。

「なんだこれ……どうなって……」

リーダーは座り込んだまま辺りを見回し、目を白黒させている。

まあびっくりするよね。アジトが吹き抜けになって、仲間が全員いなくなっていたら。

「ききたいことがある」

座っているリーダーとある程度、距離をとってから、フードを外す。

するとリーダーはびくっとなったあと、私と視線を合わせた。

「お、お前、どこから現れて……っ!?」

「きんこはどこ？」

狼狽《ろうばい》するリーダーを無視して、疑問を投げる。

先ほど流星群になった借金取りの一人が「金庫」って口走っていた。きっと、街長であるシュルテムとの繋がりの証拠がそこに入っているのだろう。

だが、瓦礫発掘作業では、金庫のようなものは見つからなかった。

万が一、猫の爪の当たりどころが悪かったとしても、金庫の破片ぐらいは残っていそうなものだ。

でも、それさえも見つかっていない。

「金庫!?　そんなことより、これはどういうことだ!?　お前がやったのか!?」

リーダーは座り込んだまま、声を荒らげる。

フードを外したことによって私の姿は見えているので、相対しているのが幼児であることは認識しているはずだ。

だけど、目の前に起こっていることと、私とが結びつかないのだろう。

私はふぅと息を吐いたあと、右手の爪をにょきっと出した。

「そうだよ。こんなかんじ。――ねこのつめ！」

人と木を選別したときに、積み上げておいた瓦礫に向かって、【猫の爪】を繰り出す。

五本の筋はまっすぐに瓦礫に向かい、当たった瞬間に大きな傷跡を残し、瓦礫を粉々に砕いた。

「う、そだろ……」

「ほんとうだよ」

最強三歳児です。

「きんこは？」

なんにしても。私の力がわかったのなら、早く金庫の場所を教えてほしい。

だから、もう一度その疑問を投げたのだけど、リーダーは一人でなにごとかブツブツと呟いた。

「くそ、あいつが言ったから……くそっ、こんなの聞いてない……くそっ」

ギリリと奥歯を噛《か》み締めたリーダーは、私を睨《にら》み、吠えた。

「借用書を持ったまま消えたやつらもお前の仕業か……。わかったぞ！　お前は街長のシュルテムに怨《うら》みがあるんだな……！」

……いや、べつに？　会ったこともないしね。

でも、めんどくさいので、こくりと頷いて返す。

それはリーダーの意を得たものだったらしく、リーダーは勢いづいて話を続けた。

「あいつは派手に女を集めてるからな……。悪趣味なじじいめ。だが、この辺りでは一番の金持ちだ」

……知らないけど。

これにも、こくりと頷いて返した。

「猫獣人の女なら、たしかにアイツが欲しがりそうだ。お前みたいなこどもは高く買ってくれる場所もある……。でも、俺たちを消してどうする？　この辺りでシュルテムに逆らえば生きていけないぞ」

「ふーん」

「……お前みたいなこどもにはわからねぇか」

「うん。わからない」

「ああっ!?」

「で、きんこは？」

「うるせぇ!!　わからねぇなら教えてやる！　いいか！　シュルテムはこの辺りの政治を掌握している。もちろん司法もだ。罪を捏造《ねつぞう》し、憲兵を動かすことができるんだ。公に罪人として追われることになるんだぞ！　お前みたいなこどもは自分が正義の味方だと思っているんだろ？」

そこまで言うと、リーダーはワンワンと吠えるのをやめた。

そして、ははっと嘲笑《ちょうしょう》を浮かべる。

「――お前が悪だ！　この街ではそう決まってるんだよ!!」

私をまっすぐに指差して。

悪は私のほうだ、と。

「俺に手を出してみろ。お前は普通には生きていけないぞ」

――勝ち誇った笑み。

リーダーは私のことを見た目からこどもだと判断し、善悪や未来のことに言及し、罪人として生きることになるぞと脅せば、躊躇《ちゅうちょ》すると思ったのだろう。

私はそんな男の言葉に――こてんと首を傾《かし》げた。

「べつにいいけど」

「なっ!?」

「たびにでるから」

「はぁ!?」

小さな街の長と、その手先の借金取りに悪って言われてもなぁ。

この小さな街とその周辺で悪と断罪されたとして。

私の人生にはまったく問題なし!

それに――

「いいことおしえてあげる」

【猫の手グローブ】をつけた両手に力を入れる。

両手を打ち合わせれば、触れた肉球がきゅむきゅむと鳴った。

「だれにもばれなければ、だいじょーぶ」

ね！

というわけで。

「じょうほうはもらった」

床を蹴り、一気に距離を詰めて、ぐっと腰を沈めた。

座り込んだリーダーの懐に飛び込むと、そこにあるのはガラ空きの顎《あご》。

脇を締めて、肘を曲げる。てのひらは自分に向ければ準備ＯＫ！

「ねこぱんち！」

リーダーの顎に向かって、沈めた腰を上げながら、右手を突き上げる。

【猫パンチ】アッパーカットです！

「おほしさまになぁれ！」

「うぐあぁぁああ！」

――キラン
悲鳴とともに、もう一つ星が流れる。今日は流れ星が多め。

そんなわけで、リーダーもお星さまになったわけだけど、これでは金庫の場所を聞くことができない。

でも、あれ以上、話をしても無駄だっただろうし、実は先ほどのリーダーとのやりとりでわかったことがあったのだ。

それは——

「ここをずっとみてた」

——瓦礫の山のちょうど中心ぐらい。

「金庫」という単語を出す度に、目線が必ずそこに行っていた。

その話題になると、私の言葉にかぶせるぐらいの勢いで話すし、声も大きくなっていたしね。

金庫の存在を知られたくなくて、あえて私に悪だーと言ってみたり、嘲笑してみたりと、意識を逸《そ》らそうとしていたんだと思う。

「ばればれ」

目は口ほどに物を言うってやつだ。

情報収集には言葉も大事だけれど、相手の顔色や目線、手の震えなどの非言語的なものも大切だよね。リーダーはすごくわかりやすかった。

というわけで。

「ここかな?」

【猫の爪】で粉々になった瓦礫をひょいひょいとどけていく。

すぐに木の床が見え、そこは一見すると、周りの床と変わらないが——

コンコン。

軽く叩いてみると、他の部分とは違い、下に空洞があるような響いた音がした。

ここに空間がある。間違いない。

よく見れば、台所にある収納庫みたいな感じで、床板が四角く持ち上げられるようになっていた。

その隙間に爪を入れ、よいしょと持ち上げれば、床板は簡単に外れた。

そこに出現したのはぽっかりと空いた暗闇。

あれだね。これがゲームだったら、一マス一マス調べていって、ポイントについたときに状況ステータスに「ここになにかあるようだ」とか出てくるやつだね。

ゲームだとコツコツやらなきゃいけなかったけど、現実だと観察力が大切なんだなぁ。

なるほど、と頷きながら、かけてあったはしごを使って、下へと降りていく。

【羽兎のブーツ】があるから飛び降りてもいいんだけど、地面がどうなっているかわからないから、一応慎重に。

はしごで降りた距離は一メートルとちょっとぐらい。すぐに底に着いた。

「まっくら」

両足をついて、辺りを見回したけれど、明かりがないので暗闇が広がるだけ。

普通の人ならなにも見えないんだろうけど。

「しょくりょうがいっぱい」

私には暗い部屋の中に棚が置かれ、そこに食料が並んでいるのがわかった。

広さはだいたい六畳ぐらいかな。案外広い。

「……ねこのめ、べんりかも」

私がこうして暗闇でも周りが見えるのは【猫の手グローブ】で猫化しているために、【猫の目】

になっているからだ。

実際の猫もこんなに見えているのかな？　ときょろきょろと見渡す。

でも、まさか【猫の目】がこんなに便利だとは思わなかった。

ゲーム内では暗闇を照らすアイテム【妖精の提燈《ランタン》】というのがあって、そっちのほうが使いやすかったからだ。アイテムレベルが上がれば、ダンジョンに入る前に使えば、だいたい終わりまでずっと明るかったからなぁ。

もちろん、今も使えばいいんだけど、問題なく見えているし、現実で【妖精の提燈《ランタン》】を使うと、私だけじゃなく全員が明るさの恩恵を受けることになる。

そうなると、バレやすくなっちゃうしね。

私は現在、隠密行動中なのだ。

「あやしいもの……あやしいもの……」

棚に並んでいるのは、缶詰や乾物などの、いかにも長期保管するために揃えていますというような食料品。

でも、逆にそれが怪しい。

食料庫ならば、人が出入りしやすいような場所に入り口を設ければいいのに、ここの入り口は普通の床板っぽく隠蔽《いんぺい》されていた。

絶対になにかある。

確信して、地下室の奥に進んでいく。すると――

「ここだ」

木でできた簡素な棚の下の段。

そこには小麦粉の入った紙袋が並んでいる。

これも一見普通。でも、奥に黒というか銀というか、そういう色のものがチラリと見えていた。

近づいて、小麦粉の袋をひょいひょいと移動させる。

小麦粉の袋は、たぶん三〇キロぐらいある大袋だ。【猫の手グローブ】がなかったら、重くて絶対に動かせなかったと思う。

……でも、父と母の前で【猫の手グローブ】のときも、【猫の手グローブ】をつけていれば、重すぎて失敗するなんてことはなかったはず。

【回復薬】と【肥料】をつけるわけにはいかないよね。猫獣人みたいになっちゃうしね。

変装にはぴったりだけど、普段使いには向かない。うん。

そうして考えながらも、小麦粉の大袋をすべて脇に寄せていく。

袋をどけてみれば、うしろの壁は周囲の壁よりも掘りこまれていて、そこにぴったりと黒い四角いものがはまっていた。

それは――

「きんこ、はっけん」

金庫には銀色の取っ手がついていて、ダイヤル式の鍵がかかっているようだった。右に五、左に二〇とかやって、カチカチカチと回すタイプのやつだね。
鍵を開けるには暗証番号が必要だ。
もちろん、私は知らない。リーダーもお星さま。
でもね、大丈夫！　【猫の手グローブ】があればね！
「あんろっく！」
右手の爪を銀色の取っ手に近づける。
これは錬成を繰り返したときに付加した効果、【解錠《アンロック》】だ。
カチャン
乾いた音がして、鍵が開く。
そうして金庫を開けてみれば、中にあったのは大量の書類だった。
「しゃくようしょ、しゃくようしょ、……これもしゃくようしょ」
目につくものから順番に取り出して、確認する。
借用書が一番多いみたいだけど、欲しいのはそれじゃない。
もっと重要なものがあるはず。
だから、めげずに、金庫から出した書類を一枚一枚確認していくと――
「……みつけた」
思わず、くすっと笑ってしまう。
あった。やっぱりちゃんとあった。

私の手の中にあるのは、街長であるシュルテムの悪事の証拠となる書類。

――裏帳簿だ。

詳しい内容はわからないけれど、たぶん粉飾決算とか横領とかそういうのだと思う。

あと、人身売買の契約書っぽいのもあった。

母が借金取りに捕まっていれば、この人身売買の契約書の控えのようなものに、母の名前が入っていたことだろう。

とりあえず、悪い匂いのする書類を全部、胸に抱える。

そして、地下室の入り口まで戻った。

入ってきたときと違って、両手が塞《ふさ》がっているので、はしごを使うことができない。

なので、【羽兎のブーツ】の力を使うことにする。

「じゃんぷ！」

地下室の天井にある入り口をしっかりと見て、ぴょんと床を蹴った。

入り口はあまり大きくなかったので、目測を誤って、頭を打つのはいやだなぁと思ったけど、さすが私。しっかりと入り口から脱出することができた。

「――ふわぁ！」

しまった……！　勢いがよすぎたかも……！

思ったより飛び上がってしまった。

一階の床に着地できれば十分だったのに、気づけばもともと二階だった場所まで来ていた。

勢いがあったせいで、風圧も上がり、胸に抱えていた書類の何枚かが手から離れていく。

ひらひらと落ちていく紙たちに気を取られて、手を伸ばした。

すると、空中での姿勢が乱れてしまって――

「危ない――っ！」

響いたのは鈴の音のようなきれいな声。

だれかいる!?　びっくりして下を向けば、そこにはつやつやの金色の髪と鮮やかな碧《みどり》の瞳の女の子がいて……。

「こちらへ！」

体勢を崩しながら、ふわふわと落ちる私。

女の子はしっかりと抱き止めてくれた。

……本当に私ってなんでこうなっちゃうんだろう。

【回復薬】を父にぶっかけ、【肥料】を畑に落とし、いろいろとこぼしてきたわけだけど、今度は書類まで……。

わかっていた。わかってはいたのだ。書類はアイテムボックスに入れればよかったんだよね。

地下室を出てから、仕分けをしてから、アイテムボックスに入れようと思ったのがよくなかった。

地下室で書類の仕分けをしようかとも考えたが、地下室の出入り口は一つしかなく、逃げ場がない。あまり長い時間留《とど》まっていたい場所ではなかったので、一階に戻ってから仕分けをしたほうが安全だと考えたのだ。

地下室から一階までのちょっとの移動くらい、簡単にできると思った。まさか飛翔《ジャンプ》しすぎて、書類が舞うなんて、考えつかなかったよね……。

……でも、大丈夫。問題ない。

同じ失敗をしないための反省は大事だけれど、それは次に生かせばいい。ゲームでも失敗は当たり前で、大事なのはそこから考えること。

——そう！　書類はまた拾えばいいから！

「よかった……」

一人で納得していると、心の底からほっとしたような声が降ってきた。

それは私を抱き止めてくれた、女の子が発したものだ。

うん。この子はたぶん、敵じゃない。

私に害意を持っているならば、【察知の鈴】が鳴るはずだし、こんなに私を案じた声を出したり、優しく受け止めてくれたりしないだろう。

「ありがとう」

とりあえず、身の危険はなさそう。なので、お礼を言いながら、改めて女の子のことを観察してみる。

女の子の見た目は前世の私よりもすこし若いぐらい。つやつやの金色の髪と鮮やかな碧色《みどりいろ》の瞳。顔はモデルさんみたいに、すごくきれいだ。

そんな女の子が私を見て、目を蕩《とろ》けさせている。

安心とうれしさと幸せ。

じっと私を見下ろす表情から、それが伝わってきて、思わず魅入ってしまう。

かわいいなぁ……。今まで出会った女の人の中では母が一番きれいだけど、女の子っていう括《くく》りなら、この子が一番きれい。

そして、その子の耳はすこし尖《とが》っていて——

「……えるふ？」

「はい。私の種族はエルフです」

エルフ！　つまりは私と同じ！

……同じ、だよね？

疑問に思った私は、書類から片手を離して、猫の耳じゃないほうの、自分の耳をさわさわと撫《な》でる。

うん。丸い。全然尖ってない。まったくの人間の耳。

……ステータスには『エルフ』って書いてあったのになぁ。

むむっと眉根を寄せる。

すると、女の子は焦ったように、急いで私を床に下ろした。

「っ、失礼しましたっ」

そして、そのまま木の床に片膝を立てて、屈《かが》みこむ。

まるで、騎士の礼のようで——

「……お目にかかれて光栄です」

女の子はきらきらと碧色の瞳を輝かせて、私を見上げた。

……といっても、私は背が低いので、ほとんど同じ目線なんだけど。

そして、どうして、そんな畏《かしこ》まっているんだろう。

書類を両手でぎゅっと抱きしめて、首を傾げる。

すると、女の子は心得ている、というように頷いた。

「私はずっとレニ様にお会いできる日を心待ちにしていたのです」

「わたしにあう？　なまえもしってる？」

「はい。お母様からお伺いしております」

「まま」

なるほど、母から！

一瞬納得し、いやいや、と首を振る。

なんで母とエルフの女の子に繋がりが？

だって、母の耳も丸かったけど……。

「……レニ様はまだなにも知らないのですね」

エルフの女の子は私の表情からいろいろと察したようで、すこし苦しそうに微笑《ほほえ》んだ。

鮮やかな碧色の瞳にちょっとだけ差した影。

それが胸をきゅっと締めつけて、書類から片手を離し、そっと手を伸ばす。

そして、私の目線のまっすぐのところ、つやつやの金色の髪をよしよしと撫でた。

「だいじょーぶ」

「っ、レニ様っ」

「れににおまかせあれ」

私がなにを知らないのかわからないけれど、きっとなんでも大丈夫。

なんせ、最強三歳児！

安心していいよ、と大きく頷いて、ふふんと胸を張る。

すると、エルフの女の子はボッと音が鳴ったのかと思うぐらい、一気に頬が赤くなって――

「光栄、です……っ……まさか、こんな日が来るなんて……っ。その手で撫でてもらえるなんて……こんな、こんなかわいらしく、素敵な……っ」

ぽろぽろと涙を流した。

「わっ、だいじょうぶ？」

「はいぃ、大丈夫ですっ、……申し訳ありませんっ、私は、本当に、ずっとずっと……お会いできる日を……お待ちしてて っ……」

「うん」

「生涯……お会いできる日は……こないんじゃないかとも……」

「うん」

「それなのに、こんな、情けない姿をお見せしてしまってっ……」

片膝をついて、背筋を正し、エルフの女の子は必死で涙を止めようとしているようだった。

「もっと……っ、もっと、かっこよく、ご挨拶できれば、と思っていたのに、っ」

「うん」

エルフの女の子と私は初対面で。

こんな風になってしまう理由は全然わからない。

でも、たぶん、エルフの女の子にとって、すごく大事なことだっていうのはわかるから。

だから――

「かっこよかったよ」

もう一度、よしよし、と頭を撫でて。

「さっき、れにをだきとめてくれた」

ね。

「かっこよかったよ」

鮮やかな碧色の瞳からぽろぽろとこぼれる雫《しずく》。

それを【猫の手グローブ】の甲の部分でそっと拭《ぬぐ》った。

「あえてうれしい」

そして、私の気持ちが伝わるように、しっかりと瞳を見つめれば――

「あ、無理。尊い。むり」

エルフの女の子はそう言って、白目を剥《む》いて倒れた。

「え？　……えぇ？」

こんなことってある？

アイドルみたいにかわいい女の子がいきなり白目になるとか、そのまま倒れちゃうとか……。

あまりのことにびっくりして、なにもすることができず、そのまま固まる。

すると、数秒後、エルフの女の子は意識を取り戻し、元の片膝をついた姿勢へと戻った。

「申し訳ありません。取り乱しました」

「うん……だいじょうぶ？」

「はい。感情が振り切れただけですので」

感情が振り切れる……？

「ところで、こちらの書類は？」

エルフの女の子はこほん、と咳払《せきばら》いをすると、話題を変えるように、私が持っていた書類と床に散らばった紙へと視線を移す。

そして、手近に落ちていたものを一枚拾うと、なるほど、と頷いた。

「街長シュルテムの不正の証拠ですね」

「うん」

「さすがレニ様です。これを探しにいらっしゃった、ということだったのですね」

うーん。本当はアジトを壊せばいいかなぁと思っていただけなんだけど。

でも、裏に大物がいたんだよね。これからどうしようかなぁ。

考えながらも、とりあえず頷く。すると、エルフの女の子はにっこりと笑った。

「こちらは私に任せてください。裏を取り、まとめておきます」

「ほんと？」

「はい。レニ様はゆっくりしていてください」

「わかった」

エルフの女の子の申し出を受け入れ、手に持っていた書類を渡す。

私とこの女の子は会ったばかり。そういえば、名前も聞いていなかった。

簡単に信用してはいけないのかもしれないけれど、相変わらず【察知の鈴】は鳴らないし、たぶん、味方。私の勘がそう告げている。

……いや、正確に言うと勘ではないけど。

だって、私に撫でられただけで泣いて、涙を拭いただけで倒れちゃう人なんて、そうそういないと思う。これで実は敵だとしたら、もっとしっかり演技をして！

というわけで、金庫で見つけた裏帳簿は渡してしまう。

エルフの女の子は私から書類をうやうやしく受け取り、地面に散らばっていた紙もすぐに集めてくれた。

「では、レニ様、帰りましょう。お母様が心配されています」

「まま」

そういえば、母から話を聞いて、エルフの女の子はここに来たんだった。

三歳児が夜に一人でうろうろしているとわかれば心配するだろう。

置き手紙はしてきたけど、早く帰ってあげないと。

「うん、かえる」

答えてから、【隠者のローブ】のフードをかぶる。

こうすると、周りからは私が見えなくなるはずで――

「れ、レニ様っ!?」

「ここ」

「え、……え？」

「いるよ」

たぶん、エルフの女の子の目には私が突然消えたように見えたんだと思う。

だから、安心させるように、きゅっと手を握った。

「あいてむのちから。ろーぶの。けはいがなくなる」

「え、え……！」

「こえはきこえる？」

「はいっ！　とてもかわいらしい声が届いていますっ」

エルフの女の子が頬を染め、うんうんと高速で頷く。

そして、そういえば、と続けた。

「レニ様は他にも、とても力の強いアイテムを装備していますね」

「うん」

「それはお母様には？」

「いってない」

「……アイテムはどこで手に入れたのですか？」

「……さいしょからもってた」

うん。アイテムをどこから？　と聞かれると、元から！　としか答えようがないよね。前世でやったゲームからの持ち越しだからなぁ。

「……わかりました」

エルフの女の子は呆然《ぼうぜん》としたあと、真剣な顔をした。

「レニ様はやはり特別なのですね」

鮮やかな碧色の瞳に決意が宿る。

「レニ様に特別な力があり、素晴らしいアイテムを持っていることはわかりました。そのことについては、ゆっくり考えていくとして、まず、大事なことがあります」

「だいじなこと？」

「はい。レニ様はまだ体が小さく、これから成長していく段階にあります」

「うん」

それはすっごくよくわかる。

〇歳から三歳までで、かなり大きくなったし、こどもの成長と発達はすごいなぁと他人事《ひとごと》のように思ったりもしていた。話せるようになって、歩けるようになって、今は走れるようになったからね！

「ですので、あまり装備品に頼らない生活を心がけてほしいのです」

「……あいてむ、つかわない？」

「いえ、もちろん、まったく使ってはいけないということではありません。必要なときはすぐに使ってください。レニ様が危ないと思ったときは絶対に使ってください」

「うん」

「ただ、力の強すぎる装備品はレニ様の身体的な成長を阻害する恐れがあるのです。……体がさぼっちゃうとでも言うか……」

「……きんにく、つかない？」

「そうです！　筋肉をご存知ですか？　レニ様が大きくなるには筋肉が必要で、今は装備品に頼らず、しっかりと自分の足で歩いたり、走ったり、運動をたくさんしてほしいのです」

エルフの女の子の言葉に、なるほどと頷く。

【猫の手グローブ】や【羽兎のブーツ】を装備していると、飛躍的に身体能力が上がり、まったく疲れないのだ。

いいことだよね、と思ったけれど、まだこどもであり、成長期にあると考えると、これに慣れるのはよくないのかもしれない。

ちゃんと成長するには、基本的には装備品なしで、普通の幼児として重い物を持ち上げたり、走ったり、いろんなことを積み重ねていくのが大切なんだろう。

「わかった」

すごく納得した。非常に腑《ふ》に落ちた。

三歳児相手だからと「アイテムを使っちゃダメ」と言うだけでなく、理由も伝えてくれるなんて……。しかも、わかりやすく伝えることを考えながら、しっかりと教えてくれたエルフの女の子に好感度が上がる。

「そうび、とる」

握っていたエルフの女の子の手を離し、小さく「あいてむぼっくす」と呟く。そして、【隠者のローブ】以外の装備品を全部、アイテムボックスへと戻した。

「とった」

「え、……えぇ……もう外されたのですか？　全然……なにもわからない……」

いいことを教えてくれたので、すぐに実践したのだが、【隠者のローブ】で気配を消している間に行ったので、エルフの女の子にはまったく感知できなかったようだ。

エルフの女の子は眉毛をへにゃりと下げた。

「情けない……レニ様のことがなにもわからないなんて……。いえ、今は私の気持ちなどどうでもいいこと。レニ様は特別。素晴らしい能力がある。そう。それでいい」

エルフの女の子は下げていた眉を元に戻すと、今度は右手に拳《こぶし》を作った。

私はその拳にそっと両手を寄せて――

「れに、がんばってあるく」

「つ……はいっ！」

「あのね、でもね……」

「はい」

「……おねがいがある」

……三歳児なので。

父に【回復薬】をぶっかけ、畑に【肥料】を落とし、書類を降らせるのが私なので……。

「てをつないであるいてほしい」

こけちゃうと思うんだよね……。

「つっ……っ！　くっ……！　はいぃ、も、もちろん……！」

そんな私の言葉に、エルフの女の子はボッと音が鳴るぐらいに頬を赤く染める。

そして、今、気づいた、という風に呟いた。

「え？　というか、え？　この私の手に触れている温かい小さなものは……え？　そんな、まさか、え？　この小さくてやわらかい、愛《いと》しさしか湧いてこないこれは……レニ様の……手？」

エルフの女の子はそこまで言うと、なぜか微動だにしなくなった。

よくわからないけれど、とりあえず、手を繋ぐお願いは許可された。

でも、実はもう一つお願いがある。

こちらは迷惑をかけてしまうかもしれないので、顔を見てのやりとりができるように、【隠者のローブ】のフードを外した。

「あのね」

「……」

「つかれたらね」

「……」

「だっこしてくれる？」

もちろん、最後までがんばるつもり。どうしてもダメならそれこそアイテムを装備すればいい。

でも、成長と発達のため、私はなるべく体を使いたい！

装備品で楽をするよりは、抱っこしてもらったほうが体を使うと思ったんだけど……。

ダメかな？　と、鮮やかな碧色の瞳を覗《のぞ》きこむ。

するとエルフの女の子は――

「あ、無理、尊い、むり、ごほうび」

そう言って、また、白目を剥いて倒れる。

「え、……えぇ」

どうしてこのタイミングで？

困惑していると、エルフの女の子は数秒後、さっきと同じように元の片膝をついた姿勢へと戻った。

「申し訳ありません。取り乱しました」

「……うん」

「問題ありません。呼吸を忘れただけですので」

……呼吸を忘れる？

「では、レニ様、参りましょう。……僭越《せんえつ》ながら……お、お手に触れさせていただきます」

「おねがい」

うやうやしく差し出された手に、はい、と手を置く。すると、エルフの女の子は、んぐっと喉を鳴らしたあと、目を閉じた。

「がんばれ。がんばれ私。落ち着いて……吸って、吐いて。そう深呼吸……そう、……深呼っ吸……っ」

必死に深呼吸を試みているようだけど、二回目にしてすでに呼吸が荒い。これはたぶんダメなやつ。

察した私は繋いでいないほうの手で、フードを下ろした。

「これでどう？」

声をかけると、エルフの女の子が目を開く。

【隠者のローブ】のフードをかぶった私は見えなくなっているだろう。

「レニ様の姿がまた見えなくなって……。先ほどと同じ、装備品の効果ですか？」

「うん。これならだいじょうぶ？」

「……そうですね。私にはレニ様の姿を見ながら、手に触れさせていただくのは刺激が強すぎたようです」

エルフの女の子はしょぼんと肩を落とす。

でも、とりあえず呼吸は正常化したようだ。

「レニ様に手間をかけさせてしまいましたが、私のことは置いておいたとしても、レニ様の姿は街の人に見られないほうがいいかと思いますので、この状態で帰りましょう」

「うん」

「では出発します」

「おー」

エルフの女の子は私の返事を待ってから、そうっと歩き始める。それにつられて私もとことこと歩みを進めた。

「どうやってかえる？」

リフォームし、屋根と人がすべてなくなったスラニタ金融の建物から出て、通りへと出ていく。

街から出るには門を通らないといけないけど、エルフの女の子は夜でも外に出してもらえるのかな？

疑問に思ったので聞いてみると、エルフの女の子は大丈夫です、と頷いた。

「そもそも私はこの街に入るために、塀を乗り越えてやってきましたので、帰りも塀を乗り越えるつもりです」

「え、もん、いかない？」

「はい。レニ様のように姿を見えなくできればいいのですが、私にはその術《すべ》はないので……」

「へいをこえるの？」

「はい」

私の疑問にエルフの女の子はこともなげに答える。

でも、塀って魔物の襲撃に備えてるから、かなり背が高いし、登りにくそうだったけどなぁ。

不思議に思いながらも、手を引かれるままについていってみれば、エルフの女の子は五メートルはありそうな塀の前で立ち止まった。

「登りましょう」

いや、無理では？

「すごくたかいよ？」

「レニ様。レニ様はエルフが巷《ちまた》ではなんと呼ばれているか知っていますか？」

「うんと……もりのけんじゃ？」

森の賢者。それがゲームの中でのエルフの呼称だった気がする。

「はい。その通りです。エルフは人間とはあまり交流せず、奥深い森に住んでいます。そして、魔力を操ることに長《た》けているものが多い。寿命も長く、知識も豊富。ゆったりと過ごしている様からそのように呼ばれています」

ゲームでもそうだったなぁ。エルフは人里にはおらず、エルフだけの村を原始の森というすっごく大きな木がたくさんある場所に作っていた。で、魔力が強いんだけど、攻撃魔法より回復魔法寄りで、薬草や歴史の知識にも詳しかった。

私はそんなエルフの種族を選択したわけだけど、もっぱらアイテム錬成ばかりをしていたな……。

思い出して、うんうんと頷いていると、女の子はふわっと笑った。

「ですが、もう一つ、呼び方があるのです」

とっておきですよ、と笑う顔はかわいくて——

「それは森の狩人です」

「もりの、かりゅうど」

「その呼び名の所以《ゆえん》をお見せします。……ので、その、……抱き上げてもかまいませんか？」

「もちろん！」

とってもわくわくする提案を受けて、急いでエルフの女の子の両方の上腕にそれぞれ手を添える。

うん、抱っこポーズだ。これなら私の姿が見えなくても、なんとなくどの辺りに体があるかわかるはず。

エルフの女の子は私の手の感触から私のいるところを推測できたようで、腰のあたりを持って、ぐっと抱き上げてくれた。

「……っ、これがレニ様の重み……愛しいしか感じないぃ……無理、とうとい……っでもダメ、落ち着いて、落ち着いて、私……今、私が倒れたらレニ様も巻き添えになってしまう。それは絶対に回避しなければ……がんばれ私。吸って、吐いて……吸って……」

「だいじょうぶ？」

「んぐっ」

抱っこしてくれたはいいものの深呼吸を繰り返すエルフの女の子にそっと声をかける。

すると、エルフの女の子はピタッと動きを止めた。

「みみもとでこえ」

そして、ガタガタと膝が震え、荒い呼吸は今にも倒れそうで——

「ダメ……私は……倒れるわけには……っ!!」

——最終ボスのテンション。

今は話すべきときじゃなかった！

エルフの女の子が必死で戦っていることはわかったので、とりあえず、気配を消す。

私は空気……私は空気……。すると、しばらくして、エルフの女の子は大きくふぅっと息を吐くと、申し訳ありません、と呟いた。

「身体の制御が不可能になってしまいましたが、なんとか制御を取り戻しました。レニ様はどうですか、……あの、私の触れ方はおかしくないですか？」

心配そうな声音。でも、ここで声を出してしまえば、また戦いが始まってしまうだろう。なので、声を出すことはせず、抱っこされたまま、うんうんと頷いた。

姿は見えないけれど、私の仕草には気づいてくれたようで、エルフの女の子はほっと息を吐いた。

「自分より小さな体をこうして抱き上げることなど初めてなので……。レニ様が不快でないのならば、よかったです」

エルフの女の子はそう言うと、ほわっと笑う。

うん。私のことをすごく大切に思ってくれているのは本当によくわかる。……ちょっと様子がおかしいけど。

「では、レニ様。これから塀を越えますので、しっかりつかまってください」

エルフの女の子はそう言うと、右手を私から外した。

そして、塀の横に立っていた木と塀とを見比べて……。

エルフの女の子のきれいな碧色の瞳。

それが一瞬、光った気がした。

その途端――

「ふわぁあ！」

自分に空気だと暗示をかけ、声を出さないようにしていたけど、思わず声が漏れる。

だって、今、本当にびっくりした！

エルフの女の子はまず塀に向かって飛んで、さらに木に向かって塀を蹴って、斜めに飛び上がった。

で、ちょうどいい場所にあった太めの木の枝に右手をかけて、ぐるっと一回転。

そのまま、空中に舞い上がった体は孤を描いて、着地した場所はもう塀の上だった。

こんな身のこなしができるなんて……！

「すごい！　すごい！」

私も装備品に頼って、二階から飛び降りたり、高くジャンプしたりはしたけれど、こんなアクロバティックな動きはできなかった！

興奮して声を上げれば、エルフの女の子は照れたように笑い、私を下ろす。

塀の上は大人が二人ぐらいは並んで歩けそうだ。

「レニ様、大丈夫ですか？」

「うん！　たのしかったよ」

塀の上から見る街は、ちょうど二階建ての屋根が正面に見えた。

エルフの女の子は私に声をかけたあと、視線を街の外へと向ける。

私もそちらへ向けば、そこに広がるのは草原と、ところどころにある白い石。

夜だから遠くまでは見えないけれど、星明かりのおかげでなんとなくはわかった。

「レニ様、あそこに魔物がいるのが見えますか？」

「うん」

エルフの女の子が指差した先。

そこには白い石があって、その手前にはバスケットボールぐらいの灰色のウサギが見えた。距離は一〇メートルぐらいかな。

「あれはヒトツノウサギですね」

「うん」

ヒトツノウサギ。魔物の中では体は小さく、力は強くない。あまり人は襲わず、臆病な性質。姿もウサギのおでこにツノが一本生えているだけだから、危機感を抱く人は多くない。

でも、驚いたヒトツノウサギが人間に突進して、足を折っただとか、運悪く大腿部《だいたいぶ》の太い血管を切ってしまっただとかで怪我人や死人も出る魔物だ。

こうして、街のそばにも出るので、道を外れるときは注意するように言われている。

ゲームの中だとレベル一～一〇ぐらいで相手をする、最初に出会う敵って感じかな。

「あ、にげちゃった」

白い石の前にいたヒトツノウサギ。ぴょんっと跳ぶと、街から離れるように走っていく。

でも、【猫の手グローブ】を装備していない私には、姿を追うことはできなかった。

でも、エルフの女の子には見えていたようで――

「レニ様。では、森の狩人の力をお見せします」

そう言うと、エルフの女の子は背に負っていた大きな弓を体の正面へと回した。

背中の矢筒から一本の矢を取り出すと、まっすぐに前を見据える。

そして、右手を弦《つる》にかけ、左手で弓を握り直した。

一度、弓を上げたあと、それを下ろしながら、弓を引き絞っていく。

伸びた左腕と、曲げられた右腕。バランス良く引かれた弓の向こう側に見える顔は、凛《りん》としていた。

「いきます」

狙っている獲物は私には見えない。

暗闇を見据える、碧色の瞳がきらっと光って――

瞬間。

「はっ!!」

声とともに、エルフの女の子の体からなにかがあふれたのがわかった。

その力は矢へと集まり、放たれた矢が一条の光となって飛んでいく。

光は地面へと到達すると、弾《はじ》けて輝いた。

そして、ギュエーッ！　という遠くで聞こえた鳴き声。

「……すごい!!」

正直、私には全然わからなかった。

だって、私には獲物も見えていないのだ。

でも、わかる。

遠くに走っていくウサギ、たった一匹に矢を命中させること。それを夜に行えること。さっきの身のこなしといい、すごくすごく強い!!

「つよいんだね！」

思わず、エルフの女の子に飛びつけば、かぶっていたフードがずれて落ちた。

でも、今はそれどころじゃなくて……。

だって、とってもとってもかっこよかった！　弓矢を使うってこんなにかっこいいんだ!!

「すごいね！　えっと、あ、……そういえば、なまえ……」

感動して名前を呼ぼうと思ったら、よく考えれば、名前を知らなかった。

いや、知らないままでもいいかな、と思っていた。

でも、こんなかっこいいところを見せてもらった。こんなに素敵な女の子の名前を聞かないなんてもったいないよね。

「……なまえ、おしえて？」

きらきらした星明かり。

それを背負ったエルフの女の子の金色の髪が光り、きれいな碧色の瞳は澄んでいて――

「レニ様。申し遅れました。私の名前はサミュー・アルムです」

「さみゅー・あるむ」

「はいっ」

名前を繰り返せば、碧色の瞳がうるうると濡《ぬ》れていくのがわかった。

だから、私は心を込めて、名前を呼んだ。

「さみゅーちゃん」

とっても強くてかっこいい、エルフの女の子。

その名を呼ぶとサミューちゃんはぐぅぅっと唸《うな》って――

――結果、気を失った。

倒れた場所は塀の上。うん。落ちたらまずいよね。すごく焦ったけれど、サミューちゃんは、数秒すれば元通りになり、落下を免れることができた。

正直、サミューちゃんが意識を失う理由はよくわからない。

でも、すぐに戻れるなら、これはサミューちゃんの特技だと思ってスルーすることにしようと思う。私を抱っこしているときは意識を失うことはないみたいだし（すごく挙動不審だけど）。

復活したサミューちゃんに抱っこしてもらい塀を降り、今は手を繋いで、家に帰る途中だ。

「さみゅーちゃん、えるふはみんな、できるの？」

「そうですね。『できる』というのは、魔力操作のことであれば」

「まりょくそうさ？」

サミューちゃんにさっきの塀登りと弓矢のことを聞いてみると、なにやら【魔力操作】という新しい言葉が出てきた。

ゲームではそれはなかったから、初耳だ。

「エルフは魔力を操作して、身体能力を上げることができます。先ほど、私が塀に登ったときもヒトツノウサギを仕留めたときも、魔力操作をして、能力を上げていました」

「そうなんだ」

「エルフは魔力操作が得意な種族です。人間は体内にある魔力値がそもそも低いので、そのようなことはできません。それに比べ、エルフは血液とともに魔力が全身に循環しているので、魔力値が高く、コントロールもしやすい。そして、人間よりも寿命が長くなるのです」

サミューちゃんの言葉に、なるほど、と頷く。

エルフは魔力値が高い種族だったけれど、その理由まではゲームで語られていなかったので、新しい情報だ。

「わたしもできるかなぁ……」

一応、ステータスの表記はエルフになっていたんだけど……。

でも、耳が尖ってないいんだよね。

不思議に思いながら、サミューちゃんと繋いでいないほうの手で自分の耳を触る。

すると、サミューちゃんが、さっきよりも強く、私の手を握った気がした。

「さみゅーちゃん、きんにくつけば、れに、もっとつよくなる？」

「はいっ！　もちろん！」

サミューちゃんは私を安心させるように、しっかりと頷く。

「レニ様が素晴らしい素質をお持ちなのは間違いありません。現在は体が完成していないため、レニ様を守るためにその力のすべてを発揮できていないのだと思います。これから成長して、体ができる――一三歳から一六歳ぐらいでしょうか、そのぐらいになれば、秘められている力はすべて使えるようになるのではないかと」

「うん」

「そのためにも、今はしっかり歩きましょう」

「うん！」

サミューちゃんの言葉に、私は胸が軽くなるのを感じた。

だって、せっかくレベルカンストして転生したのに、装備品をつけていないときの能力がカンストしているとは、とても思えなかったからだ。

これがずっと続いたら、カンストしている意味がない。

でも、サミューちゃんの言うように、年齢補正があるのならば納得できる。

つまり、私は今はマイナス補正が入っている状態なのだ。

レベルカンストしているもののそれを一〇〇%使うことはできていない。

でも、体が成長すれば、マイナス補正はなくなる。そうすれば、無敵である。

「……すてーたす」

歩きながら、サミューちゃんに聞こえないようにこっそり呟く。

すると、目の前にステータスが現れた。

「あっ！」

「どうしました、レニ様？」

「ううん、なんでもない」

思わず上げてしまった声にサミューちゃんが反応する。

あわて誤魔化せば、サミューちゃんは不思議そうな顔をしたけれど、とくに追及してくることはなかった。

サミューちゃんにはステータスが見えていないし、私の独り言だと思ってくれたのだろう。

なので、サミューちゃんはまた前を向くと、家への道を歩いていく。

私も手を繋いで歩きながら、もう一度ステータスをよく見てみる。そこには——

・名前：レニ・シュルム・グオーラ
・種族：エルフ
・年齢：3
・レベル：999（マイナス97％）

なんと！　マイナス補正の表示が追加されている！

これが、私が声を上げてしまった理由だったのだ。

この表記はサミューちゃんと話すまではなかった。つまり、ステータスは私の現状のすべてを表しているわけではなくて、私が認識したことや理解したことを数値などで表してくれるのだろう。

かなりマイナスがかかっているが、三歳ならばこんなものだろう。装備品をつければまったく問題なかったしね。

そして、私が知りたかったのは――

「……えるふ、だ」

そう。私の種族。

サミューちゃんから情報を得てなお、今も種族は【エルフ】となっている。

つまり、エルフであるのならば、体内に魔力が循環している可能性があり、【魔力操作】を磨けば、もっと強くなることができるのでは？

ゲーム内ではレベルカンストしたあと、強くなることはなかったが、ここではさらに強くなる可能性があるということだ。

ということは。

「のびしろしかない」

——さすが最強三歳児！

ウキウキして、村に向かって一生懸命歩く。

この一歩一歩が！　マイナス補正を少なくするために大事な一歩になる！

そして、ようやく村へと近づけば、そこには父と母の姿が。

「ぱぱ、まま」

家ではなく、村の入り口で待ってくれていたようだ。

どれぐらい待ったのかな？　あまり時間が経《た》ってないといいけれど……。

とにかく、もう姿を見られても大丈夫だろう、とフードを外す。

すると、父はすぐに私を見つけたようで——

「レニっ!!」

弾かれたように、私に向かって走ってくる。

たぶん、いつもみたいに私を抱っこしようとしたのだろう。

でも、それは叶《かな》わず、父は体ごと私とサミューちゃんの横を通り抜けていった。

「……ぱぱ」

私を抱きしめに来たはずの父は、今、地面を抱きしめている。

いや、私は避《よ》けていない。

なぜかサミューちゃんが、父が私を抱きしめようとした瞬間、スッと私の手を引き、父と私が接触しないようにしたのだ。

そして、今は父のほうを見もせず、母に向かって歩いていっている。

「遅くなり、申し訳ありません」

サミューちゃんはそう言うと、私の手を母へと渡した。

母は私の手を取ると、そのまま屈み、私と目を合わせる。

「レニ、怪我はない？」

「ない」

「よかった」

母はそう言うと、私をぎゅうっと抱きしめた。

置き手紙はしてきたけれど、やっぱり心配していたんだろう。まさか村の入り口で待ってくれているとは思わなかったから、時間も経ってしまったし、不安だったのかもしれない。

「れに、つよいから」

「ええ。そうね」

大丈夫だよ、と言えば、母は笑って、もう一度私をぎゅうと抱きしめる。そして、私を抱きしめたまま立ち上がった。

「サミュー、ありがとうございます」

「いえ、こうして連絡をくださり、レニ様とお会いできたこと、私こそ感謝しかありません」

サミューちゃんは私にしていたように、片膝をつき、立ち上がった母と母に抱かれた私をうれしそうに見上げている。

そして、その口ゆっくりと開いて――

「――女王様」

――女王様!?

「まま、ままはじょおう、なの?」

サミューちゃんから出た言葉に、思わず母へとそのまま確認してしまう。

だって、女王様って、すごく偉い人のことだよね? それがこんな田舎の村で? えぇ??

びっくりして、近くにある母の顔をまじまじと見てしまう。

いや、たしかにびっくりするほどの美人。

でも、女王様って……!

「ええ。ママはエルフの女王なの」

「ままは……えるふの……じょおう……」

パワーワード……。パワーがありすぎて、頭がついていかない。

ぽかんとして、母を見つめていると、大きな手が母ごと私を抱きしめた。

それはあたたかくて――

「元、な。今は俺の大事な妻だ」

「ぱぱ」

地面から起き上がった父がそばまで来ていたのだろう。

ぎゅうと抱きしめられたそこから、母と私のことをとても思ってくれているのが伝わる。

それはもちろん、母にも伝わったのだろう。

母は父の言葉に「あらあら」と呟き、幸せそうに笑った。

そして、父に私を受け渡す。

父の抱っこは安定しているので、楽ちんで好きだ。

なので、母を手伝うように、私も父に手を伸ばす。すると——

「うぐぅ」

なぜかサミューちゃんがガクリと前のめりに地面に倒れ込んだ。

「……女王様の至福の笑顔。レニ様の絶対の信頼。うぐぅ、それをこんな人間の男が……うぐっ……ぐぅぅ……」

サミューちゃんが悔しそうに、地面を拳で叩く。

そのきれいな碧色の目は滂沱《ぼうだ》の涙で見えなくなっていた……。

——いろいろと事情がありそうですね。

内幕　うちの子は天才　三

レニを村の入り口で迎えたあと。

ウォードとソニヤの夫妻はレニ、サミューとともに家に戻っていた。

夜も更けており、こどもであるレニはとっくに眠る時間だ。夫妻としてもレニには早く眠ってもらうべきだと考えていたが、その前に話すことがあった。

夫妻には確信があったからだ。

レニはまだ三歳。だが、話を理解し、自分の道を選ぶだろう、と。

「レニ、眠いかもしれないけど、すこしだけ話をしてもいいかしら」

「うん。だいじょーぶ」

四人掛けのダイニングテーブル。

いつもは夫妻二人で話すが、今日はレニとサミューも入れて四人。イスは三つしかないため、夫妻はレニを膝の上に抱き上げることにした。

レニもそれに不満はなく、大人しく母の膝の上に収まっている。

レニが落ち着いている様子を確認すると、ソニヤはゆっくりと話し始めた。

「あのね、ママがエルフの女王だって言ったの、どう思った？」

「すごい、っておもった。……あと、みみがまるいのは、なんでだろうっておもった」

「そうよね……」

レニは首を傾《かし》げている。

そう。エルフであるならば、その耳はとがっているはずなのだ。

「レニはエルフと人間はどう違うかは知ってる？」

「うん。さみゅーちゃんがおしえてくれた。まりょくのこと」

ソニヤの言葉にレニは頷《うなず》く。

先ほど、サミューにエルフは体内に魔力が循環しており、それを操作できると聞いた。それによって魔法を駆使し、身体能力を上げ、長命になるのだ。

「ママはね、体内に巡る魔力がね、うまく使えなくなってしまったの」

「それ、あぶない？」

「ママはね……そのまま死んでしまうはずだった」

苦しそうな笑み。

いつも朗らかに笑う母の顔とは違う。レニは目をすこしだけさまよわせたあと、ぎゅっと母に抱きついた。

そんな様子を見て、サミューが言葉を引き継いだ。

「魔力操作ができなくなったエルフは過去にもいます。記録に残っている限りでは三人……そして、全員がほどなくして、亡くなったと」

「ママはね、それを知ったとき、しかたがないことだと思ったの。あまり長い時間は残されていないけれど、やりたいことをやろうって」

「うん」

「そうしたらね、パパがね、エルフの森の前で怪我《けが》をして倒れていたの」

「ぱぱが？」

「……ちょっと魔物が強くてな」

レニの視線を受けて、ウォードはバツが悪そうに頬《ほお》を掻《か》いた。

「エルフの森の中には人間は入れないんだけど、ママはどうしても助けたくて……。どうにもできない自分の命となんとか助けられる命を見て、パパのことだけは助けたいって思っちゃったの」

「俺は昔から運だけはいいんだよな。魔物に怪我させられたのはよくなかったが、そのおかげでこうして最高の妻がいるからな」

ははっと笑うウォードの言葉にあらあらとうれしそうなソニヤ。

微笑《ほほえ》ましい光景だが、サミューは苦虫を噛《か》み、舌の上ですり潰《つぶ》したような顔をした。

「この人間っ……この人間のせいで……っ」

ぎりぎりと奥歯を噛み締めるサミュー。

「私たちエルフも女王様が人間を助けたのは把握していました。本来なら、人間などすぐに森の外へ放り出すべきです。しかし、命の短い女王様の願いとなれば、森から出せとも言えない。……結果、女王様と人間の関係はどんどん深いものになってしまいました」

サミューの言葉を聞いて、レニは三人の顔を見比べてみた。

照れ笑いする父、幸せそうな母、……怨嗟《えんさ》の表情で父を睨《にら》みつけるサミュー。

これが当時のエルフの森の情勢だったのであろう。

「……私たちは女王様の命を諦めていました。でも、この人間は諦めませんでした」

「この世界には【宝玉】と呼ばれる神の宝がある。俺たち冒険者の中ではずっと噂《うわさ》されていた。宗教団体が持っているやら、とある国が持っているやら、いろいろと言われていたが、俺はドラゴンが持っているという情報をつかんでいたんだ」

「ほうぎょく……」

「パパとサミューがね、ママを助けるためにドラゴンから【宝玉】を手に入れてくれたの」

「ああ。洞窟にドラゴンがいてな。サミューがその相手をしている間に、隠し部屋に入っただけなんだが、なんせ俺は運がいいからな」

「……この人間は本当に運がいい。なぜあんな場所を見つけられたのか」

レニはその会話にぱちりと目を瞬《しばたた》かせた。

内容に覚えがあったからだ。

——転生前。

女子高生であるレニがゲームで手に入れたアイテム。

洞窟のボスであるドラゴンを倒して、隠し通路に入った。

そして見つけたのが【宝玉（神）】だった。

「この世界を支えるために宝玉は七つあると言われているの。……そのうちの一つをパパとサミューは見つけてくれた」

「宝玉は願いがかなえられると言われていたからな。体が治ればいいと思ったんだ」

「女王様が助かるなら、と」

仲の悪い人間の男であるウォードとエルフのサミュー。

二人が共闘できたのは、気持ちが一緒だったからだろう。

その二人の思いを受けて、エルフの女王であるソニヤが選んだのは――

「――人間になりたい、と願ったの」

――人間になること。

「人間になれば、魔力が体内から消え、魔力操作をする必要はないから」

「私は……！　宝玉に『魔力操作ができるように』と願ってもらうつもりでした。そうすれば、エルフとして力も強く、長命でいられたのに……！」

「私は人間として一緒に生きてみたかったの」

そう。エルフの女王が選んだのは、しがない人間の男。ともに生きていくためにすべてを捨て、人間になったのだ。

「……結果、女王様は体内の魔力を失い、見た目も人間のものになりました。……私たちエルフは、女王様の命が助かったのであればそれでも構わなかった。――けれど、女王様はエルフの森を出奔しました。この人間の男とともに」

「だって、すぐに引き離そうとしたでしょう？」

「……はい」

エルフは同族の絆が強いが、他種族には排他的であった。女王が人間となってしまったことで、より人間の男への嫌悪が強まっていたのだ。

女王はエルフの森で暮らし続ける。人間の男は外へ追い出す。それがエルフの決めたことだった。

「ぱぱ、おたずねもの？」

「そうだ。エルフの女王様を誘拐した」

「全エルフの敵意の対象です」

「おい」

「本当のことですから」

サミューが怨嗟の表情で告げる。

すると、ソニヤはあらあらと笑った。

「それなら私は世界の敵よね。世界を支える宝玉の一つを、自分の我儘《わまま》のために使ってしまった」

「そんな……そんなことはっ」

「だからこそ、ひっそりと暮らそうと思ったの。二人でただ平和に」

「最初は苦労したが、すぐに慣れたしな」

エルフの女王として魔法ありきの生活をしていたソニヤが、人間の生活に馴染《なじ》むのは大変だった。

それでも、ウォードの支えもあり、人間としての生活をスタートさせたのだ。

「妊娠したときはびっくりした」

「そうね。エルフ同士でしかこどもは作れないはずなのに……。レニが生まれたとき、ほっとしたの。耳が丸い、普通の人間の女の子だって。エルフと人間の間にはこどもは生まれない。だから、私が本当に人間になれたんだろうって」

夫妻はレニの姿を見て、自分たちの生活を続けることを選択した。

ウォードが狩りに出て、ソニヤはこどもの面倒を見ながら、畑仕事。

「でも、レニには不思議な力がたくさんあった」

生まれてすぐ、夫妻はレニが人間のこどもではないのかもしれない、と考えた。

あまりに手がかからなすぎるし、その瞳には理性の輝きがあった。

「どうしていいかわからず、私たちは隠すことにしたの。……エルフが取り戻しに来ることも、人間に追い出されることも怖かった」

「俺もすぐに怪我をして病気になってしまったから……」

成り立っていた生活がガタガタと崩れていく。

「でも、レニがいつも助けてくれた」

「ああ。レニが娘じゃなかったら、乗り越えられないことばかりだった。レニが娘で、やっぱり俺は運がいいな」

夫妻にとって、レニが娘であることは、いつだって救いだったのだ。

「レニ、ありがとう」

「今日もがんばってきたんだろう？　ありがとうな」

レニを見つめて、笑顔を浮かべる夫妻。

レニは二人の顔を見て……ボソリ、と呟《つぶや》いた。

「……れにね、ふつうじゃないとおもう」

レニには転生前の記憶がある。

この世界がゲームであるという記憶で、しかもレベルはすでにカンストしているし、アイテムも大量に持ち越した。

「へん、だよね」

そして、それだけじゃなくて……。

転生前のレニはうまく社会に馴染めなかった。

『自分が変だからだ』。

レニはずっとそれを感じていたし、今だって自分が変なことを十分理解していた。

「でも、……れにをへんなまま、そだててくれた」

何度水浸しにしても、かわいいかわいい、と言って抱きしめてくれた父。

レニが一人でおかしな作業をしていても、あらあらと笑って、好きなようにさせてくれた母。

「ぱぱ」

レニと同じ、金色の目。

「まま」

レニと同じ、銀色の髪。

「だいすき」

ぎゅうっと母に抱きつく。

すると、父がイスから立ち上がり、三人でぎゅうと抱きしめあった。

「ママもレニが大好きよ」

「パパもだ。レニが大好きだ」

レニが何者であろうとも。もし、姿かたちが似ていなかったとしても。

一緒に過ごした時間が、心にあふれるこの思いが、この三人が親子なんだ、と証明してくれるから――

「れにね、たびにでたい」

エルフに追われることも、人間に追い出されることも、全部背負っていく。

「せかいをみたい」

まっすぐな金色の瞳。

銀色の髪はさらさらと揺れ、だれもが魅了されるかわいい女の子。

そのきらきらした瞳がずっと輝いていてほしいから――

「ええ。いってらっしゃい」

「いつでもここで待ってるからな」

――夫妻は娘を旅立たせることにした。

第四話　封印されていても、最強三歳児です

昨日は、いろいろなことがあった一日だった。

寝る前に怪しい男たちのあとをつけて、スラニタ金融をリフォームし、そこにいた全員をお星さまにした。そして、地下室の金庫から裏帳簿やいろいろな書類をゲットしたところまでは、予定通り。

が、その後の情報量が半端じゃなかったよね……。
・サミューちゃんという、かわいくてかっこいいエルフの女の子と出会った
・母が実はエルフの女王様だった
・父がその母を誘拐したことになっていると知った
・サミューちゃんと父が【宝玉】を手に入れていた
・母がそれを使い、エルフから人間になった
「ほうぎょく、かぁ……」

まさか、転生前にゲーム内で手に入れた【宝玉（神）】が、母の命を繋《つな》げたり、エルフから人間にしたり、こちらの世界で使用されているとは思わなかった。

たぶん、私の誕生にも関係しているんじゃないかなぁ。

だって、エルフと人間ではこどもは生まれないと言っていたのに、私が普通に生まれているしね。

というわけで。

「すてーたす」

新しい情報が増えたから、確認！

すると、思った通り、今まではなかった表記が追加されていて——

・名前：レニ・シュルム・グオーラ
・種族：エルフ（封印）
・年齢：3
・レベル：999（マイナス97％）

「ふういん……」

今まではただのエルフだったのに、（封印）となっている。

つまり、種族はエルフだが、その力が封印されたことによって、人間の見た目になっているんだろう。

「ままも……？」

母は【宝玉】に人間にしてほしいと願った。

結果、人間として暮らしているわけだが、これまでの話から考えると、エルフと人間の違いは、体内に魔力が循環しているかどうか。

母は体内の魔力を操ることができなくなり、死の危機に瀕《ひん》していた。

【宝玉】はその魔力を失くすか封印するかなど、なんらかの作用をし、母を人間と変わらなくした、と考えるのが妥当だろう。

種族を人間にしたわけではなく、エルフのまま、人間と変わらない能力に。

そして、私もそれを受け継いで、生まれた。

「まりょくそうさ……できないかも……」

種族はエルフだけど、体内の魔力は封印されている。

そう考えると、私に【魔力操作】ができるとは考えにくい。

かっこいいサミューちゃんを見て、私にもできれば、と思ったが、まず封印を解かなければならないような……。

「ほうぎょく、さがす？」

この世界に宝玉が七つあると言っていた。

それを探して、封印を解くことを願ってみてはどうだろうか。

母がエルフの力を再び得ることは、また死へと進むことになる可能性が高いし、父と暮らしているのだから、それはできない。

けれど、私はエルフに戻ってもいいはずだ。

それに――

「みてみたい」

実際の【宝玉】はどんな色？

どれぐらいの大きさ？

どんな輝き？

それを考えれば、胸がどきどきした。

転生前に探して回ろうと思っていた【宝玉】。それがこの世界にはあと六つある。

手に入れたいわけじゃない。封印を解くことが最優先でもなくて。

――この心が『見たい』と言うから。

「よしっ」

ごろんと寝転がっていたベッドから立ち上がる。

昨日は夜遅くなってしまったから、すっかり寝坊してしまった。

やはり、三歳児。父と母の事情を聞き、旅に出たいと言ったあと、安心したせいかすごく眠くなったのだ。

なので、私がスラニタの街でしてきたことは、サミューちゃんが、伝えてくれたのだと思う。

急いで着替えて、階段を降りれば、台所で母が作業をしていた。

「まま」

「あら、レニ起きたのね。おはよう」

「おはよう」

「昨日は遅かったから、まだ眠いかしら」

「ううん、だいじょーぶ。でも、おなかすいた」

朝ごはんを食べずに寝ていたから、お腹がグーグー鳴っている。

母はあらあらと笑ったあと、すぐにスープを用意してくれた。

イスに座って、木のスプーンですくって食べていると、母が目の前に座る。

母はいつもは忙しく働いているか、不安そうに窓の外を見ていることが多い。

母の行動が珍しくて、顔を上げれば、母は微笑《ほほえ》んでいた。

「まま、いそがしくない？」

「ええ。実は、かわいくって強い女の子のおかげで、無理して働かなくてよくなっただけじゃなく、危険もなくなったみたいなの」

母の瞳は優しくて……。

エルフの女王様だったのに、人間として暮らしてから苦労ばかりしていた母。

すこしでも楽になったなら、本当によかった。

うれしくなって、スープを食べながらも、口元がにやけてしまう。

すると、母は私の頭を撫《な》でてくれた。

「昨日、サミューはね、レニにはすごい力があるって何度も言っていたわ。それで、パパとママ、サミューの三人で話をしたんだけど、パパとママにすこしだけ時間をくれないかしら」

「じかん？」

「ええ。レニは、すぐに旅に出たいと思うんだけど、四歳までは一緒に暮らしてほしいの」

四歳の誕生日までは、あと半年ぐらいじゃないかな。

これまでやってきたことと、あと半年でできることを考えてみる。

父の体を治して、家の畑を豊かにした。

家に押し入ってきた借金取りを倒して、借用書を取り返した。

そして、それでも母を付け狙ってくるスラニタ金融を潰《つぶ》した。

あとは……。

「わかった。よんさいまで、いる」

「……よかった」

私が頷《うなず》けば、母は本当にうれしそうに笑った。

「ママもパパもレニとやりたいことがいっぱいあるの。お弁当を持ってピクニックに行ったり、街に買い物に行ったり。今までできなかったことを」

「たのしそう」

「レニとの思い出をたくさん作るわ」

「うん」

父と母は、私のことを隠しながら生きることで精いっぱいだった。

私が旅に出る選択をしたことや、私の力についてサミューちゃんから聞いたことで、吹っ切れたのだろう。

私も家の中だけじゃなく、いろんなところで父と母の思い出が作れたらいいな、と思う。

「まま、さみゅーちゃんは？」

「サミューなら、森に入ると言ってたわ」

「もり」

「レニが呼んでいるって言えば、すぐに来るんじゃないかしら」

母はそう言うと、ふふっと笑った。

私はその笑顔を見て、またスープを一口すすった。

「れに、ままのえがおがすき」

見ていて、とっても幸せな気持ちになる。

だから――

「さみゅーちゃんと、はなし、したい」

父と母を守るため。

私にはまだやり残したことがある。

――街長《ちょうちょう》のシュルテム。

スラニタ金融のバックにいると思われる人物。

サミューちゃんが調べてくれると言っていた。

――ケリをつけてから、旅に出る。

父母と暮らす半年をのんびりと暮らすだけにするつもりはない。

父と母が平和に過ごせるように、やらなければならないことがたくさんあるのだ。

一番はスラニタの街の街長・シュルテム。

動向を探って、母に興味がないのならば、それでよし。だが、まだ狙っているのなら――

「レニ様がお呼びとお聞きしましたっ！」

母が出してくれたスープを食べ終わらないうちに、サミューちゃんは現れた。

ズサーッと家に滑り込むと、イスに座る私の隣ですばやく片膝立ちになる。

森に行っていたはずなのに早い。頬《ほお》が赤くて、呼吸も整っていないから、すごく急いで来てくれたようだ。

なんで私が呼んでるってわかったんだろう？

「さみゅーちゃん、きてくれてありがとう」

「いえっ、まったく問題ありません！　レニ様に呼んでいただけるなんて、光栄です……っ」

「なんでわかったの？」

「それはですね、女王様から聞いたのです」

「ままから？」

でも、母はずっとここにいて、なにかしているようには見えなかったけど……。

首を傾《かし》げると、母がふふっと笑った。

「レニにエルフの秘密を教えるわね」

「えるふのひみつ？」

「エルフはね、長命だけれど、こどもはあまり作らないの。だからこそ、こどもが生まれると、みんなで大事に育てるようにしているのよ」

「はい。エルフすべてが家族という感覚です」

「そうなんだ」

「その中でも、幼いエルフの守護者に年若いエルフがなるんだけど、それが特別なのよ」

「しゅごしゃ？」

「そう。守護者は幼いエルフに危険がないように守り慈《いつく》しむ者。そして、年若いエルフが幼い子と接することにより成長するための、エルフにしかできない特別な契約よ」

「実は私の守護者が女王様なのです」

ほうほうと頷いていると、サミューちゃんがうれしそうに顔をほころばせた。

「サミューが生まれたとき、私はまだ一四〇歳だったのよね。懐かしいわ」

「え」

待って待って。今、おかしな数字が聞こえた。

「まま、ひゃくよんじゅっさい？」

「あら、それはサミューと出会ったころだから、今はもっと年を重ねたわよ」

「……まま、なんさい？」

「今は二七〇歳だったかしら」

「にひゃくななじゅっさい」

どう見ても二〇代後半にしか見えない……。〇が一個違う。

「さみゅーちゃん……なんさい？」

サミューちゃんが生まれたとき、母は一四〇歳。そしてその母は今は二七〇歳だという。ということは……？

「私はまだまだ若輩者です。一三〇歳になったところです」

「ひゃくさんじゅっさい」

どう見ても転生前の私より年下なのに。中学生ぐらいにしか見えない……。〇が一個違う。

「えるふのひみつ、すごい」

びっくりした。この転生してからで一番びっくりした。

エルフが長命ってこういうことだったんだ……。

ぽかんとする私に母とサミューちゃんがふふっと笑う。

そして、守護者についての説明を続けた。

「守護者の契約をすると、どんなに遠くにいても、言葉に出さなくても、やりとりができるようになるの」

「【精神感応《テレパシー》】です」

「サミューをこの家に呼んだのは、それを使ったのよ」

「スラニタの街でレニ様を見つけたときと村が近くなったときには、私のほうから女王様に連絡しました」

「そうだったんだ……」

私がスラニタの街から村に帰ったときに、父と母が入り口の前で待っていたのは、サミューちゃんから情報を得たからだったのだろう。

ずっと待ちっぱなしだったわけじゃなかったようで、ほっとした。

「あのね、レニ、それでね」

一人で納得していると、母が私の目をじっと見つめた。

「旅に出るとき、サミューも一緒に、と思っているんだけど、どうかしら？」

「さみゅーちゃんといっしょ？」

母から目を外し、サミューちゃんと目を合わせる。

サミューちゃんはすこしだけ眉尻を下げて、きれいな碧色《みどりいろ》の瞳で必死に私を見ていた。

「もちろんっ、レニ様が一人で旅立ちたいというのであれば、無理についていくことはできません。ただ、やはりレニ様はまだ体も小さく、一人旅はとても目立つのではないか、と」

「ママとサミューは守護者契約をしているから、【精神感応《テレパシー》】ですぐに連絡を取りあうことができる。だから、ママもサミューが一緒にいてくれると、すごく安心なの。……些細《ささい》なことでも、できればレニがどんな毎日を送っているのか知りたいな、って。レニの成長を感じたいの」

「レニ様の邪魔になることは決してしません。必ず……必ず、役に立ってみせます……！　ですので、どうか……」

母とサミューちゃん、二人の顔を交互に見る。

母の話は感覚としては理解できる。娘である私がまだ幼いのだから、サミューちゃんがついてきたほうが安心なのだろう。保護者をつけるなら、母と【精神感応《テレパシー》】でやりとりができるサミューちゃんは最適だ。

でも……。

「さみゅーちゃんは、いいの？」

すごく一生懸命だけど、サミューちゃんに利があるとは思えない。

私と一緒に旅に出て、サミューちゃんは楽しいのかな？

サミューちゃんは母のことが大好きみたいだから、頼まれたことを果たしたいのかもしれない。だけど、それだけで私についてくるなんて、もったいない。サミューちゃんにはサミューちゃんの人生があるはず。

だから、サミューちゃんを見て首を傾げる。

サミューちゃんはぎゅっと唇を噛《か》んだあと、話を始めた。

「私には……ずっと叶《かな》えたい夢がありました。女王様が私の守護者となってくれ、たくさんのことを教えてくれました。私はそんな女王様を尊敬し、憧れていたのです。……そして、物心ついたとき。今後女王様が結婚し、こどもを授かられたときに、その子の守護者になるべきエルフは私しかいない、と思ったのです」

碧色の瞳はとても強くて――

「そこから百年。ずっと努力をしてきました。だれよりも強いエルフになろう、と。女王様の子の守護者になるにはそれが必要なんだ、と。毎日毎日それだけを目標に生きてきました」

サミューちゃんは生まれる前から、ずっと私を思ってくれていた。

辛《つら》い時も苦しい時も。女王様から生まれる子を……私のことを思って、乗り越えてきたのだろう。

「女王様が魔力を操作できなくなったとき、無力な自分を嘆きました。女王様が人間の男と夫妻になる、と聞いたときは人間の男を恨みました。……そして、私の思いは二度と叶うことはないのだと思いました。……けれど、女王様の幸せはすべて人間の男のおかげで……。……私は情けなく、どうしようもない、なんの力もない、弱いエルフでした」

サミューちゃんの強い瞳が揺れる。

弱いエルフ……そう言ったサミューちゃんの声は掠《かす》れていた。

「ずっと途切れていた女王様からの【精神感応《テレパシー》】が響いたとき。レニ様という子がいると聞いたとき、胸からあふれる思いが止まりませんでした。一刻も早く会いたくて……一目見たくて」

サミューちゃんはそうして私に会いに来てくれたのだ。

こんな田舎の村と、スラニタの街まで。

「レニ様に会ったとき……。忘れません。銀色の髪で金色の瞳。満天の星の光を背負って、その子は私の前に現れ、胸に飛び込んできたのです」

サミューちゃんと会ったのは、スラニタ金融の地下室から飛び出したとき。

落下しながら体勢を崩した私を抱き止めてくれた。

つやつやの金色の髪。きれいな碧色の瞳。

……私も覚えている。

サミューちゃんと出会った昨日のこと。きっと、ずっと忘れないよ。

「私は思いました」

サミューちゃんの碧色の瞳が細まる。

うれしそうに。幸せそうに。

「――この方のために生きてきたのだ、と」

その色はとってもきれいで、吸い込まれそう。

「レニ様にいいところを見てもらいたくて……。レニ様がしたいと思うことを、手助けできれば、と。でも、私は情けない姿ばかりを見せてしまいました……」

……自分をコントロールできないぐらい、だれかを思えるサミューちゃん。

高い塀をひょいっと越えて、遠くにいる魔物を弓矢で簡単に仕留めてしまうサミューちゃん。

私を止めるわけではなく、支えてくれようとするサミューちゃん。

「さみゅーちゃんはかっこいいよ」

サミューちゃんに手を伸ばす。

「さみゅーちゃん、いっしょにいく」

たくさんの楽しいことを一緒にしよう。

「……っレニ様……っ」

サミューちゃんは差し出した私の手をぎゅっと握って。

「あ、無理、尊い、むり、きょうき」

白目になって、気を失った……。


四歳になれば、サミューちゃんと旅に出ることに決まった。

目的は世界を見ること、そして、宝玉を探すこと。

サミューちゃんはそのために、いろいろと調べるということで、私たちの家から去っていった。

私はその間に、家の防御を増すために護符をたくさん埋めてみたり、父のための身代わり人形を大量に棚に並べてみたり。

身代わり人形は父が猟に行くようになってから常に持ち歩いてもらっているが、使えば一度きりでなくなってしまう。なので、私がいなくなったあとにも補充できるように、こうして並べておくのだ。

私の背でも届く、小さな棚の上にずらずらと並べていく。不気味な顔の木の人形が大量にあるこの一角。若干の工芸品展感があるが、インテリアの一部として愛《め》でてもらおう。

「レニは感性が独特ね」

母があらあらと笑う。

さすが二七〇歳。娘が不気味な人形を並べていても、気にしない。胆《きも》の据わり方が違う。

「……へいわ」

サミューちゃんが家から去って、二週間が経《た》ったが、とくになにも起こっていない。

父母が借金について悩んでいる様子はないし、スコップも買ってもらえた。父の猟も順調で、畑も豊作。経済状況もよくなったのだろう。

私の【察知の鈴】が鳴ることもない。

借金取りがわが家を狙うこともなくなったのだ。

なので、私たち家族はピクニックに行ったり、村の道具屋に買い物に行ったりと親子としての時間を満喫していた。

「まま、これ、ぱぱにあげてね」

「わかったわ。レニは本当にパパが好きね」

並べた人形を示して、食器を洗っている母に声をかける。母はエプロンで手を拭いて、私の頭を撫でてくれた。

その気持ちよさに身を任せていると、母が「あら？」と首を傾げた。

「レニ、サミューが近くまで来ているみたい。レニに話したいことがあるみたいだわ」

「！　じゅんびする！」

街長のシュルテムのことがわかったのかもしれない。

調べると言ってくれていたけど、どうなっているだろう。人身売買や裏帳簿。それらで私腹を肥やしていたのかな。母のほかにも売られた人がいるのか。今後も続けるのか。

考えながら、イスに座って待っていると、ほどなく玄関のドアがコンコンとノックされた。

イスから下り、玄関ドアまで駆け寄って、ドアの向こうに話しかける。

「さみゅーちゃん？」

「レニ様！」

ずっと待っていたから、二週間よりもっと会っていなかったような気がする。

急いでドアを開ければ、隙間《すきま》からサミューちゃんがズサーッと入ってきて、片膝をつく体勢になった。

「レニ様、お久しぶりです。女王様もお久しぶりです」

私ににっこりと笑ったあと、母に向かって目礼。

母はそれに「はい」と笑って答えた。

「レニ様、遅くなりましたが、例の件についておおまかな情報を得たので、やって参りました」

サミューちゃんが母に聞こえないように、小さめの声で教えてくれる。

私はそれに「うん」と頷いて、サミューちゃんの手をぎゅっと握った。

「さみゅーちゃん、ずっとあいたかった」

何度も夜に一人で街長のところまで行こうと思った。

でも、サミューちゃんが調べてくれると言ったのに、私だけで行くわけにはいかない。サミューちゃんなら私ではわからないことまで、きちんと調べてくれるはず。そう信じて、ずっと待っていた。

その気持ち通り、サミューちゃんはこうして情報を持って帰ってきてくれた。

我慢してよかった。だいたい我慢ができずに行動してしまう私なのに、ちゃんと我慢してよかった。

なので、思わずサミューちゃんの手を握ってしまう。

あ、でも、サミューちゃんは……。

「……っ、ぐくぅ」

息が荒い。鼻息がすごい。

「がんばれ、がんばれ私……ダメ、ここで倒れては情けない姿を見せてしまう。吸って、吐いて……落ち着いて」

そして、ふぅふぅ言いながら、必死で耐えてくれている。

「……ごめんね、さみゅーちゃん」

その様子に白目の危機を感じた私は、素早く手を離した。

サミューちゃんは離れた手に安心したのか、冷静さを取り戻したようで、背筋をピンと伸ばした。

「申し訳ありません。心の準備がないとなかなか耐えきれるものではなく……」

「うん……」

「そして、情報なのですが、レニ様があまり女王様に知らせたくないようなので、できれば外で話せたら、と」

「そうしよう」

母は二七〇歳なので胆は据わっているが、エルフの女王だったので、世俗に疎い。さらに魔法を

使って生活していた期間が長いので、魔法を使わず、人間の生活を送れている今がすごいことなのだ。

なので、母にあまり負担をかけたくない。

もちろん、大切なことは伝えるつもりだが、父と母には平和に暮らしてほしいのだ。

というわけで、散歩に行くと母に伝え、私とサミューちゃんは森の入り口へと向かうことにした。

森には魔物が棲《す》んでいるから、あまり人は寄ってこない。

父のような猟師がときどき通るだけで、だれかに話を聞かれる心配もないからだ。

「じゃあさみゅーちゃん、おねがいします」

「はい」

いい感じにあった切り株に座り、話を促す。

サミューちゃんにも切り株に一緒に座ってほしかったけれど、それはダメだった。過呼吸になっちゃうから……。

森の下草の上に片膝をついたサミューちゃんが話を続ける。

「レニ様が手に入れた裏帳簿、書類を点検し、やはり裏にはシュルテムがいることが確認できました」

「うん」

「初めから狙っている女性に、スラニタ金融で金を貸す。払えなくなったところで女性を借金のカタとして取る。そういうことを繰り返していたようです」

「ままもそうだったみたい」

「女王様が美しいからですね……。この村には他にも何人か借金をしている者がいました。レニ様の活躍によりスラニタ金融がなくなり、あちらは実行部隊がいなくなった状態ですが、また時間が経てば、同じことを繰り返すかもしれません」

「うん」

そう。スラニタ金融を潰したからといって、安心ではない。

街長のシュルテムが主導しているのだから、また人間を揃《そろ》えて、同じことを繰り返せばいいのだ。トカゲのしっぽをいくら切っても、出てくる虫を排除しても意味はない。トカゲの本体を潰し、虫を産む親を潰さなければならない。

「買われた女性はそのままシュルテムの元で働かされているようでした。そして――幼いこどもも捕らえられているようでした」

「こどもも？」

「はい」

「ただ、幼いこどもたちはシュルテムの手元には残さず、さらに売られていることがわかっています」

サミューちゃんの話に、ふむ、と考え込む。

私が借用書を取り返そうと、借金取りたちと戦ったとき。借金取りたちは私のことを捕まえて、売ろうとしていた。あの布袋はちょうどこどもが入れられるサイズだったし、もしかしたら、ああやってこどもを捕まえて、売ったことが何度かあったのかもしれない。

そして、スラニタ金融のリーダーが言っていた。『お前みたいなこどもは高く買ってくれる場所もある』と。それは――

「――売られている先は、とある宗教団体」

サミューちゃんの声が今までより潜められた。

「宝玉を持っていると噂《うわさ》があるところです」

母を助けた宝玉。

父とサミューちゃんはこの世界で、ドラゴンから奪った。私も転生前のゲームでは洞窟のボスを倒し、隠し部屋から手に入れた。

それとは違う、別の宝玉を持つと噂されている宗教団体が、こどもを買い集めている。

「……慈善事業なのかもしれませんし、信徒を増やすために幼いこどもを育てているだけかもしれません」

「うん」

こどもが攫《さら》われ、親と引き離され、知らない土地で生きていく。

いや、生きていけているならいいけれど……。

「宗教団体については調べることはできていません。今はシュルテムを調べ、このままではまたレニ様や女王様に危険があるかもしれない、と急ぎやってきました」

「わかった」

サミューちゃんの言葉に頷く。

宗教団体が気になるが、今はまず、目の前のことを。

「さみゅーちゃん、いっしょにいってくれる？」

「はい！　お供します！」

「ぱぱ、まま、いまのまち、あぶないから。まちにいけるようにしたい」

父と母がなんの危険もなく街に行けるように、旅立つ前の一仕事をしておきたい。

平和なわが家を末永く！

「れにに、おまかせあれ」

——シュルテムを倒しに行きましょう！


そんなわけで、夜を待って、サミューちゃんとスラニタの街へと向かった。

【隠者のローブ】、【猫の手グローブ】、【羽兎《はねうさぎ》のブーツ】、【察知の鈴】を装備し、荒事にも対応できる状態だ。

到着したのは街の外。外壁沿いにある木と木で囲まれたところ。

「ここでいいかなぁ」

「はい。レニ様。ここであれば人目もなく、気づかれることはないと思いますが……」

「じゃあ、ほるね」

「……本当に、ここからシュルテムの屋敷まで、地下道を掘るのですか？」

「うん。ちかしつにいきたいから」

そう！　私は地下を掘ってシュルテムの屋敷まで通じる道を作るつもりなのだ。

「シュルテムの屋敷には怪しい地下室があります。計算上はこの場所からまっすぐですが、地下道を作るには時間がかかりすぎるのではないでしょうか。もちろん、私も手伝いますが……」

「れににおまかせあれ」

心配そうなサミューちゃんにふふんと胸を張って応える。そして、取り出すのは【つるはし（特上）】。つるはしといえば、宝玉を掘り当てた【つるはし（神）】があるが、あれは一回きりで壊れてしまう、使い勝手が悪いアイテムだった。それに比べれば、こちらは掘り進むスピードが速く、耐久性も高い、とても使い勝手のいいアイテムで、ゲーム内で使用されるのはこちらが主流だった。

三歳児には大きい。が、猫の手グローブを装備しているため、いつもの私より力が強くなっているのだろう。悠々と持ち上げることができた。

柄をぎゅっと持ち、地面にえいやっ！　と突き立てる。すると、ボコッと土がなくなり、斜め下に向かって道ができた。

「……すごい、です……」

その様子を見て、サミューちゃんが呆然《ぼうぜん》と言葉をこぼす。

さらに、言葉を続けた。

「さすがレニ様……すごい力。まさに規格外……。レニ様の力を信じると決めていたのに、一瞬でも疑ってしまった自分が情けない」

「さみゅーちゃんだいじょーぶ？」

「申し訳ありません。自分を恥じておりました。とにかく、これならば、すぐに屋敷まで道が通るでしょう。私は背後の警戒と方向の指示をいたします」

「うん。おねがい」

「はい。レニ様、もうすこし下方に向かって掘り進めてください」

「りょうかい」

サミューちゃんの指示を得て、また地面にえいやっ！　と突き立てる。すると、ボコッと土がなくなった。

「次はこのまま前方に向かってください」

「うん」

斜め下に二回ほど掘り進めたことでできた地下道は長さ四メートルぐらい。径はちょうど大人一人が屈《かが》まずに歩けるぐらい。あまり大きくはないけれど、私とサミューちゃんが通れれば十分だろう。

その地下道を進んで、今度は目の前の土の壁に向かって、えいやっ！　と突き立てる。すると、地面に突き立てたのと同じように、目の前の土の壁がボコッとなくなった。

サミューちゃんの指示を聞きながら掘ることを繰り返すこと十数度。土がボコッとなくなった瞬間、ガラガラと音がした。そして、現れたのは土の壁ではなく、どこかの部屋のようで――

「とうちゃく、よし」

サミューちゃんの正確な計測力と私の【つるはし（特上）】の力は完璧。現れた部屋の中に入り、前後左右を指差し確認すると、そこには何人かの女性がいた。シュルテムに無理やり買われた女性たちだろう。

「なにっ!?」

「なにが起きたの!?」

みんな、驚いて、こちらを見ている。うん。それはそうだ。いきなり壁に穴が開いたらびっくりする。うっかりしていた。

「おじゃまします」

怪しいものではないので、急いで【つるはし（特上）】を外し、【隠者のローブ】のフードを取る。さらに礼儀正しく挨拶もした。【猫の手グローブ】をつけている私には猫耳があるので、あちらからは猫獣人に見えるはずだから変装はばっちり。姿を見られてもかまわないしね。

「え」

「あ……こども？」

「どうしたの？」

幼い姿の私を見て、女性たちは安心したようだ。けれど、すぐに焦った顔へと変わった。

「だめよ、こんなところへ来ては」

「危ないから、帰ったほうがいい」

「見つからないうちに……」

一人の女性が私に近づいて、私を追い出そうとする。

すると、背後で待機していたサミューちゃんがすっと私の前へ出た。

「大丈夫です。私たちはあなた方を助けに来たものです」

「助けに？」

「はい。ここにシュルテムがあなた方を買い取った書類や借用書などがあります。一人ずつ返しますので取りに来てください。地下道はスラニタの街の外に続いていますので、そのままご自分の村や街へ帰ることができるかと思います」

「そんな……でも……」

「心配ありません。シュルテムについてはこちらに任せてください。また、ご家族にはすでにあなた方のことを伝えてあります。安心して帰っていただけます」

サミューちゃんの冷静な言葉。そう。サミューちゃんは連れ去られた人の名前を把握し、家族に話をしてここにいる女性が帰る場所を用意してくれていた。

シュルテムに買われた女性をこの屋敷から連れ出したとしても、帰る場所がなければ意味がない。

さすがサミューちゃんである。

「本当に……そんなことができるなんて……」

「では、名前を呼びます――」

いまだに現実かどうか受け止めきれていない女性たち。サミューちゃんは気にせず、一人ずつ名前を呼んだ。そして、書類や借用書を返していく。

実際にそれを手にしたことで、女性たちは自分に起こっていることが真実だと信じることができたようで、みるみる顔が明るくなった。

「これもあげる」

私はそんな女性一人一人に両手で持てるぐらいの布袋を渡していく。

「これは？」

「なかに、おいも、おにく、ぱんがある。おなかすいたらたべて」

「いいの？」

「うん。おいしいよ」

入れておいたのはすこしの食料と、数枚の銀貨。

この街から馬車で行かないとたどり着かないような場所に帰らないといけない人もいる。たぶん、これだけあれば家に帰れるだろうという内容や額をサミューちゃんと相談して、入れた。お金は私の持っていた薬草を道具屋で売って手に入れたものだ。

「おいも、ままがつくった。おにく、ぱぱがつくった」

母が作った干し芋と、父が作った干し肉。とってもおいしいのでおすすめ。父と母に「ちょっと欲しい」と言うと、分けてくれたのだ。

だから、食べてね、と渡すと、みんな受け取ってくれた。そして、お礼を言いながら、部屋から地下道へと出ていく。

そうして残ったのは私とサミューちゃんの二人。

私はもう一度フードをかぶってから、サミューちゃんへと話しかけた。

「さみゅーちゃん、このうえに、しゅるてむがいる？」

「はい。ここは女性たちが寝起きしていた場所で基本的にはここで生活していたようです。ですが、この部屋から出ると、シャワーやトイレがあって、そのまま階段をのぼると主寝室へと繋がるようになっていました」

「そっか」

変だよね。主寝室から地下室へと直接行ける通路。……主寝室からしか行けない地下室。逃げていった女性たちは本当にみんな美人だった。

両手をぐっと握る。そして力を何度か入れたり緩めたりすると、肉球がきゅむきゅむと鳴った。

すると、そこに男の声が響いてきて――

「今日はだれにしようかのぅー！　最近入ってきたばかりの、反抗的なあの子かのぉ！」

粘っこくて、無意味にキーが高くて、なにより品がない。

部屋についていた扉。それをまっすぐに見つめると、そこがガチャリと開いて――

「今日はお前だぞぉ！――って!?　いない!?」

入ってきた男が驚きに目を見開く。

たるんだ肉体にたるんだ精神。鍛え直す必要がある。

「みんなかえったよ」

「……!?　どこじゃ!?　どこにおる!?」

「どこでもよろしいのでは？　街長のシュルテム」

「なっ！　なんじゃ、お前は……！」

私の姿は見えないけれど、サミューちゃんの姿は見える。

家具の陰から姿を現したサミューちゃんを見て、また驚く男。でも、すぐにデレッと表情を変えた。

――これがシュルテム。

「……いや、しかし、これはまた美人なエルフ……。なんとか儂《わし》のものに……」

ならないよ？

サミューちゃんが気を引いてくれた隙に、私は一気にシュルテムに近づいた。

そして、そのたるんだ腹に右ストレート！

「ねこぱんち！」

地下だからお星さまじゃなくて。

「かせきになぁれ！」

私のパンチが入った途端に、吹っ飛んでいく街長シュルテム。

シュルテムは地下室の壁にぶつかると、そのまま埋まった。

サミューちゃんを変な目で見るからだ。

ふんっと鼻を鳴らす。すると、サミューちゃんが後ろからおずおずと私に話しかけた。

「れ、レニ様、そこにいらっしゃいますか？」

「うん。いる」

「あの……地下道の中で話したことを覚えていますか……？」

「……はなしたこと」

サミューちゃんの言葉に、ほんのすこし前。地下道を掘っていたときの話を思い出す。

『レニ様。地下室へはシュルテムと本当に近しい使用人しか入りません。使用人は夜間の出入りはしませんので、地下室で出会う男はほぼシュルテムだと思っていただいていいかと思います』

『うん』

『私はシュルテムの顔がわかりますので、シュルテムがいれば、あえて名前を呼ぶなど、レニ様に伝えるようにしますので安心してください』

『わかった』

『それと、できればシュルテムから情報を引き出したいと思います』

『でも、さみゅーちゃん、いっぱいじょうほうあつめてくれた。しゅるてむ、わるい。ぱぱとまま のくらしのため、たおす』

『はい。もちろんそれは賛成です！　ただ……その、こどもを買い集めて、どこかへ売っていたというのが気になるのです。売り先の情報、なぜこどもを集めるのか……、できれば知っておいたほうがいいのではないか、と』
『わかった。じじょうちょうしゅ、する』

……思い出した。

「ふわぁあ……」

そして、同時に自分がやらかしてしまったことにも気づいた。

やってしまった。事情聴取をするはずが、問答無用で化石にしてしまった……！

「……ぜつぼう」

私はいつもこうだ……。ゲーム内でもそうだった。魔物の討伐依頼やイベントなどで、攻略ターン数が指定されているもの。そういうもので、私は失敗しがちだった。五～一〇ターンとわかっているのに、なにも考えず二ターンで倒して、イベントに失敗したことが何度あっただろう。そして、また今も……。

「さみゅーちゃんのこと、へんなめでみてた。がまんできなかった……」

シュルテムの台詞《せりふ》を最後まで聞きたくなかった。静かにしてもらおうと思ったら、パンチをしていた……。

「ごめんね」と謝ると、サミューちゃんはブンブンと首を振り、その場で片膝をついた。

「いえっ、そんな……！　情報なんてどうとでも手に入りますので……！　それに、その……レニ様は、私を……私のことを、思ってくださったのですよね？」

「うん」

「んぐっぅ」

こくりと頷くと、なぜかサミューちゃんは胸を押さえて、小刻みに痙攣《けいれん》させた。

「レニ様が私のことを……っ、んぐぅ、なんて尊い……っ」

サミューちゃんの姿を見て、私はそっと、両手をフードへと持っていく。……ほら、今、もし、万が一にフードが外れたら、サミューちゃんが気絶しちゃうと思う。私の声だけでこうなってしまったのだから。

「レニ様の尊さの前では情報など塵《ちり》と同じ！」

「さみゅーちゃん……」

落ち着いてほしい。情報は塵と同じではない。

「シュルテムから情報を得なくても、私が調べますので！」

「でも、しゅるてむにもききたかった？」

「いいえ！」

いいえではない。元気に否定の返事をしてくれたけど、絶対に違う。

シュルテムからの情報だって大切なはずだ。

でも、今は壁に埋まって化石になってしまったわけで……。

「そうだ」

思いついた！　いいこと！

「あいてむぼっくす」

呟《つぶや》くと現れるアイテム一覧。私はそこから見覚えのあるアレに視線を移して——

「けってい」

言葉と同時に、胸元にドッと重みがかかった。

それを両手で受け止める。手に持ったのは——【回復薬（神）】！

「レニ様？」

「しゅるてむ、おこす」

壁に埋まったシュルテムに近づき、瓶の蓋《ふた》を開ける。一歳児だったころは苦労をしたが、三歳児でかつアイテムを装備している私に死角はない。

簡単に蓋を開けると、中身をバシャーっとシュルテムへとかけた。

そう！　ゲームの中で学んだ。イベントを失敗したときは、もう一度挑戦すればいい。そして、化石は復元できる。

「えっ!?　えっ!?」

突然、水浸しになったシュルテムを見て、サミューちゃんが焦ったように声を上げる。

そして、今までぴくりとも動いていなかったシュルテムが「ううっ」と呻《うめ》き声を出した。

「これは……」

「かいふくやくだよ」

「回復薬……？　こんなにすばらしい効能のものが存在するなんて……」

サミューちゃんが絶句している。

うん。さすが【回復薬（神）】。本当は内服するものなのに、外からかけただけで効果がある。父で実証していたとはいえ、シュルテムにも効いてよかった。これで事情聴取ができる。

「なんじゃこれは……どうしてこんなことに……」

「わたしのぱんちがあたったからだよ」

「だっ、だれじゃ……!?　どこにいる!?」

「ここ」

目を覚ましたシュルテムの声に応えながら、フードを外す。これで私の姿が見えるようになったはずだ。

壁に体が埋まっているシュルテムは動けないだろうし、私の場所がわかったからといってどうということはない。こどもの話を聞くために、姿を現したほうがいいだろう。

「は……？　猫獣人のこども……？」

「どうして、こどもをあつめて、うったの？」

「なっ、なんのことを言っているんじゃ!?」

「無駄な言葉は喋《しゃべ》らないでください。あなたがこどもを買い集め、そこからどこかへ売ったことは、調べがついています。自分の現状を鑑みて、質問に答えることだけに集中しなさい」

「……くっ」

しらばっくれようとしたシュルテムを、サミューちゃんが冷たい声でなじる。

シュルテムは悔しそうな顔をしたが、まったく動くことができないことに反抗する心もくじけたのだろう。小さな声でゆっくりと話し始めた。

「……依頼されているんじゃ」

「いらい？」

「……ちょうど、お前ぐらいの年齢じゃ。そのこどもを集めろ。……とくに外見に特徴があるものや、才能に秀でたものを、とな」

「依頼主は？」

「……くわしいことは知らぬ。だが、他の大きな街の街長からの紹介じゃ。売れば金になるし、顔も広くなる。……儂はこんな街長で終わるような器じゃない！　もっと上に行けるんじゃ!!」

これまで静かに喋っていたシュルテムが突然吠える。

「お前らにはわからないじゃろう!?　どんなに街を発展させても、しょせんそこまで。それより上は王都でコネを得た官僚や、なんの能力もない貴族たちが悠々とその位に収まるんじゃ！　儂が上に行くには、これしかなかった!!」

「自分の治めるべき街や村のこどもを安く買い叩《たた》き、ときには攫う。毎夜、かわいそうな女性たちを虐げることしかできない者が、上に行ける器ですか」

「うるさいっ！　儂は街長じゃ！　一番偉いのだから、それぐらいは当然じゃ!!」

「……愚かですね」

サミューちゃんが興味なさそうに、視線を外す。

そして、私に「ありがとうございます」と礼を言った。

「手を尽くしていただいたおかげで、情報が集まりました。この男が情報を持たないほうが安全だと判断したということは、なにか大きなものが動いている可能性があります。また売買されることどもの条件がわかったことと、それがこの街だけではない、ということもわかりました」

「うん」

「この男の決裁印が欲しいのです。そうすれば逃がした女性たちは完全に自由になり、この男も自ら街長を辞したことにできます」

「わかった」

「この部屋を出て、廊下を進み、階段をのぼればこの男の執務室と私室に繋がります。決裁印は私室に保管されているので、そちらへ移動しましょう」

「あ、ちょっとまってね」

部屋から出ようとするサミューちゃんを止めて、地下室まで繋げた地下道を覗《のぞ》き、耳を澄ませる。

「けはい、なし。あしおと、なし」

逃げた女性たちは無事に地下道を使って街の外へと出られたようだ。

地下道にはだれもいない。なので――

「ねこのつめ！」

右手と左手。両方の爪を出し、地下道に向かって袈裟《けさ》斬り！

爪で切り裂かれた一〇本の風は、土の壁に当たると周囲を崩しながら、進んでいった。ズゴゴゴゴと音とともに埋まっていく地下道。思ったより大きい音が出てしまったけど、まあしかたない。

「しょうこいんめつ、よし」

地下道の指差し確認。そこにあるのはただの土の壁だ。

「おまたせ。いこう」

サミューちゃんの元へ急ぐ。

すると、一連の行動を見ていた、シュルテムが叫び声を上げた。

「待て……待つんじゃ！　……待ってくれ!!」

必死な声。無視してもいいんだけど、ドアから出る前にすこしだけ振り返る。目が合った途端、シュルテムはゴクッと唾を飲みこんだ後、無理やりに笑顔を浮かべた。

「なあ……なあ、お嬢ちゃん」

シュルテムが猫なで声で私を呼ぶ。

「お嬢ちゃんはとっても強いんじゃな。おじさんはびっくりしたぞ。どうじゃ？　おじさんと一緒に、贅沢《ぜいたく》をして暮らすのは？」

「ぜいたく？」

「そうじゃ。なんでも買ってやるぞ。お菓子をいくらでも食べていいし、おもちゃも用意する。きれいな服もアクセサリーもやろう。お嬢ちゃんはとっても強いから、人と戦ったりしたいんじゃないか？」

「たたかう？」

「そうじゃ！　お嬢ちゃんが好きに使える者を用意しよう。人間の男がいいか？　それとも違う種族がいいか？　なんでもいいぞ。お嬢ちゃんが欲しいものを全部やる！　お嬢ちゃんはなんにもしなくていいんじゃぞ」

私が返事をする度に言い募るシュルテム。

たぶん、私が興味を持ったと思って、必死にアピールしているんだろう。シュルテムのそばにいるとどんなに楽か、どんなに簡単にいろいろなものが手に入るか。

なんでもあげる。なんでももらえる。

それはたしかに、魅力的な言葉に思える。でも――

「ひとからもらってもうれしくない」

ね。

「れに、つよいから」

最強三歳児なので。

「ほしいものは、じぶんでてにいれる」

全部、この手で。

「ばいばい」

シュルテムに背を向け、ドアを開ける。

背後では必死で壁から抜け出そうとするシュルテムの気配がするが、あれだけ埋まっていれば、一人で抜け出すのは無理だろう。

「待て……！　待ってくれぇ……待つんじゃ……っ!!　頼む――」

バタンとドアを閉めれば、それきりシュルテムの声はしなくなった。

――さあ、最後の仕上げです。

地下室を出て、廊下を歩く。廊下の先の突き当たりには、らせん階段がついていた。のぼっていくと、シュルテムの私室に出る。

私室には質の良い家具とふかふかの絨毯《じゅうたん》が敷いてあった。……うーん。街長の割にはお金がかかりすぎな気もする。そこかしこに金飾が施されているし、置かれている調度品もなんだか無駄にピカピカしている。わかりやすく成金という感じだ。

私が無駄にピカピカした部屋を眺めていると、サミューちゃんは窓の前に置かれた机へと近づいていった。そして、机の一番上の引き出しに手をかける。

たぶん、そこに決裁印があるのだろう。けれど、引き出しはガタッと音が鳴ったものの、開くことはなかった。

「鍵がかかっていますね」

「れにがあけるよ」

おまかせあれ、と胸を叩いて、机へと近づく。そして、【猫の手グローブ】の爪を鍵穴に入れた。

「あんろっく」

その声と同時に鍵穴がカチリと鳴る。

「さみゅーちゃん、あいたよ」

「すごい、です……。レニ様は本当になんでもできるのですね。ありがとうございます」

サミューちゃんは感心したように息をほぅと吐くと、引き出しを開けた。開いた引き出しを私も覗きこむ。すると、そこには何枚かの書類、いくつかの印、そして、不思議な赤い水晶の球が入っていた。

「さみゅーちゃん、これなに？」

赤い水晶を指差し、サミューちゃんを見上げる。

サミューちゃんも赤い水晶が気になっていたようで、不思議そうに首を傾げた。

「これは魔法の道具ですね……。手に取っても大丈夫だと思います」

サミューちゃんが赤い水晶を手に取る。

そして、じっとその水晶を見つめた。すると、サミューちゃんの碧色の目がきらっと光って――

「今、魔力を流して調べてみました。どうやら、これはスイッチのようなもので、どこかに合わせることで稼働するようです」

「すいっち……。あ、あそこかな？」

きょろきょろと部屋を見渡す。すると、金色にぴかぴかした部屋の中に一か所だけ赤い光の出ているところがあった。

見つけたのは地下室から上がってくるために使ったらせん階段の出口。その壁に石がはめ込まれ赤く光っている。赤い石に囲まれた中央は窪《くぼ》んでおり、赤い水晶がちょうどはまりそうだ。

「そうですね。すこし調べてみます」

「すいしょう、れにがもつ」

「ありがとうございます」

サミューちゃんから赤い水晶を受け取る。サミューちゃんは私に赤い水晶を渡したあと、赤い石の壁に近づき、手を当てた。また碧色の目がきらっと光ったから、魔力を流しているのだろう。

そうして、調べていたサミューちゃんだけど、数秒経つと、サミューちゃんの顔がみるみる曇っていった。

「……レニ様。これは地下室に続く通路を壊すための仕掛けのようです」

「つうろをこわす？」

「はい。……女性を集め、地下室へと閉じ込める。……もし、なにかあれば、そのまま通路を閉ざし、なにもなかったことにする……。きっとそういうためのものです」

ぎゅっと眉間にしわを入れ、不快そうにするサミューちゃん。それでも、三歳児である私にもわかるよう、できるだけ感情を抑えた声で教えてくれた。

私はそんなサミューちゃんの説明に、なるほど、と頷いた。

スラニタ金融を使い、女性を集めていたシュルテム。当たり前だが人身売買が違法であり、露見するとマズいことはわかっていたのだろう。

だからこその装置。

もし、自分に不利なことが起きるようなら、すぐに通路を崩し、女性たちをそのまま埋めてしまうつもりだったのだろう。

地下室に閉じ込められた女性たちは助けを呼ぶこともできず、そのまま土に埋められ、だれにも探すことはできない。

都合よく使い、都合よく処理する。それがシュルテムのやり方。

ならば――

「じぶんのつくったしかけだから」

赤い石に囲まれた中央の窪み。大人の腰ぐらいに作られた高さなので、私でも手が届いた。そこに赤い水晶をはめる。

瞬間、赤い光が強くなり、ゴトゴトとなにかが動き――

「かせきになぁれ！」

私の声とともに、赤い光が一気に輝く。時間にして数秒。赤い光はあっという間に消え、らせん階段があったはずの通路がなくなっていた。

シュルテムは今は地下室の壁に埋まっている状態。自力では脱出できないが、地下室への通路さえあれば、だれかに見つけてもらうこともできただろう。

でも、その通路は自分の作っていた仕掛けによって、閉ざされた。まったくもって自業自得!!

ふんっと鼻から息を吐く。

そして、数秒後……。

「また……やってしまった……」

はっと気づいた。

シュルテムは腐っているが街長。街長は街を治める人。化石にしちゃダメ……？

私はいつもそうだ。後先を考えない。

「さみゅーちゃん、……このあと、どうするよていだった？」

私のせいで、計画が狂ってない？

恐る恐るサミューちゃんを見上げる。

すると、サミューちゃんは私の予想とは反対に、怒ったりびっくりしたりする様子もなく、力強く頷いてくれた。

「この後は、まずはこちらの書類に決裁印を押し、女性たちを自由の身にします。すでに人身売買の証拠、裏金、街長としての背任についての書類は国と領、市へと送っていますので、動き始めているはずです。シュルテムはすぐに懲戒となり、新しい街長が選ばれる手筈《てはず》です」

「うん」

「また、スラニタ金融でのレニ様の活躍の跡を見ましたので、もし、シュルテムがいなくなったとしても、問題のないように辞任の書式も作ってきました」

「……しゅるてむ、いなくなってもこまらない？」

「はい。悪事の露見を恐れ、自ら街から出た形として処理できます」

……サミューちゃん!!

頼りになる……！　すっごく頼りになる!!

「さみゅーちゃん、すごいね！」

「もったいない言葉です……」

尊敬を込めて見上げると、サミューちゃんが照れたように頬を赤くする。

そして、ぼそりと呟いた。

「それに……レニ様の顔を見ましたからね。レニ様がやらなくても、どのみち……」

「ん？」

「いえ、なんでもありません。作業をしますので、すこしお待ちください」

「うん」

サミューちゃんはそう言うと、机へと戻り、持ってきていた書類に決裁印を押していった。

これで女性たちは書類上も問題なく自由となり、今後なにか言われることもないだろう。

「ではレニ様、参りましょう」

「うん」

作業を終えたサミューちゃんが机の上に何枚かの書類を置き、それを重りで押さえる。そして、私に向かって手を広げた。

これは『おいで』の合図である。どうやら抱っこをしてくれるらしい。

私は装備していた【猫の手グローブ】と【羽兎のブーツ】をアイテムボックスへしまうと、フードを深くかぶった。

……フードをかぶらないと、サミューちゃんが気を失ってしまうからね。

そうして準備万端になった私は、サミューちゃんへ飛びつく。

「さみゅーちゃん、だっこはなれた？」

「うっ、うぐく……そうですね、はい。姿が見えない状態であれば、この愛《いと》しさもなんとか……」

私をそっと抱きしめたサミューちゃんは深呼吸を何度かしたあと、窓へと近づいた。どうやら窓から脱出するようだ。

「これでこの街と一帯の村も平和になるでしょう」

「うん。これでぱぱもままもあんしんだね」

私が旅に出たあとも。

父と母ならば、末永く仲良く暮らしていけるだろう。

「にんむかんりょう！」

サミューちゃんに抱っこされたまま、ビシッと敬礼。

――レニ・シュルム・グオーラ（三歳）。第一目標を達成しました！

そんな私を連れて。サミューちゃんが窓際へと移動する。

「いきます！」

「うん！」

私の言葉と同時にサミューちゃんが窓から飛び出す。

【魔力操作】により、強化されたサミューちゃんの体は重力に逆らい、地面に落ちることはない。

頬に風を感じると、あっという間に遠くにあった隣の家の屋根まで届いた。

「はやいっ！」

「レニ様、怖くないですか？」

「こわくない！　たのしい!!」

浮遊感とスピード感が爽快で、思わず笑い声を立ててしまう。すると、サミューちゃんはうれしそうに微笑んで、また次の屋根へと飛んだ。

次々と屋根を飛びながら進めば、だれにも気づかれることはない。

きらきらの星明かりに照らされて、この世界にいるのはサミューちゃんと私だけ。そんな気分になってくる。

ウキウキして……ワクワクして。

サミューちゃんと二人なら、なんでもできるような気がして――

「……レニ様。今日、レニ様と一緒に行動をしてみてわかりました。レニ様の力は想像以上に強く、お一人でなんでもできるんだ、と……そう感じました」

次の屋根へと飛び移りながら、サミューちゃんはゆっくりと話し始めた。

「私は……レニ様のお手伝いができれば、と思っています。けれど、今のままではレニ様の足手まといにならないでしょうか……。もしそうなのであれば、私は――」

サミューちゃんはなにかを言おうとして……。でも、途中でやめた。不思議に思って見上げれば、サミューちゃんは苦しそうな顔をしていた。

「さみゅーちゃん」

その顔を見ていられなくて、そっと手を伸ばす。

「れにね、つよいけど、ときどきしっぱいする」

そうなのだ。私は強いけれど、失敗もする。いい考えだと思ったら、すぐに実行してしまうが、勢い余ってしまうことが多いんだよね……。失敗したって、もう一度挑戦すればいいし、結果的にうまくいけばいい。自分の全部が間違いだとは思わない。

でも――

「さみゅーちゃん、たすけてくれる」

さみゅーちゃんがいるとすごく心強い。

一緒にいるとワクワクする。

だから。

「しゅごしゃのけいやく」

エルフ同士が行える儀式。エルフの絆を強めているもの。

サミューちゃんの守護者は母で、二人の間では【精神感応《テレパシー》】が使える。

女王である母と守護者の契約を交わしたサミューちゃんは、母から生まれたこどもの守護者になることが夢だったと教えてくれた。

私がそのこどもなのだから、契約を交わすことはサミューちゃんの夢を叶えることになる。

サミューちゃんの夢を叶えたい。

そして、それだけじゃなく、私も……。

「さみゅーちゃんとしたい」

こんなにかっこよくて強くて素敵な女の子が一緒に過ごしてくれるなら、それってきっと最高だ。

でも、一つ問題があるんだよね。

「れに、みみがまるいから、できないかな？」

そう。ステータスの種類は【エルフ】となっていたけれど、現実の私は見た目は人間だ。魔力を使えたためしもないから、封印されているのは間違いない。

だから、守護者の契約ができないかもしれない。

うーん、と首をひねると、サミューちゃんはその場でぴたりと歩みを止めた。

「さみゅーちゃん？」

「あ、……れ、レニ様……本当に、よろしい……のですか……っ？」

震える声。

「守護者の契約は一度しか行えません。一度、その者を選んでしまえば、二度と交換できるものではないのです」

サミューちゃんは私をぎゅっと抱きしめた。

「私はすでにレニ様のものです。レニ様のために生まれ、レニ様のために生きていくのだと心に決めております。ですので、守護者を早急に決める必要はないのです。……もっと強く美しいエルフがいます。もちろん、私は負けるつもりはありませんが、レニ様にはもっと選択肢があってもいいのではないか、と」

サミューちゃんはそう言うと唇をぎゅっと噛んだ。

……私はサミューちゃんのこういうところが好きだなって思う。

目の前に叶えたい夢があって、それが今にも叶えられそうで。それなのに、すぐに飛びつかず、まずは私にしっかりと説明をしてくれる。幼い私に合わせて、話をしてくれ、私に選択する自由をくれる。

……またサミューちゃんを素敵だなって思った。

だから、やっぱり私は――

「さみゅーちゃんがいい」

伸ばしていた手をサミューちゃんの首に回す。

ぐっと力を入れ、体を伸ばせば、小さい私でもサミューちゃんの耳元に届いた。

「さみゅーちゃんがいい」

ちゃんと聞こえるように。

もう一度、耳元でそう呟いた。

するとサミューちゃんはぶるりと震えて――

「……わかりました。では場を整えなければ。こんなさびれた街にレニ様にふさわしい場所があるとは思えませんが、最高の場所を用意します」

「……さみゅーちゃん？」

え？　なんかいつもと雰囲気が違う……？　ふわっとして、しっかり者の優しい女の子という感じだったのに、今はなんだがぎらっとしている。目が据わっている。え？

「どこもかしこもレニ様にふさわしくない……あ、時計台がありますね。丘の上に建ち、この辺りで一番高い建物ですから、あそこであればいいかもしれません。人間の作った粗末な建造物を探すより、広大な草原を眺め、星空を背にするべき。……そう。そこに立つレニ様はすばらしい」

「さみゅーちゃん……」

「レニ様、行きましょう」

「……うん」

なんだろう。もう口を挟める感じではない。私を抱きしめる手はいつも通りに優しいけれど、雰囲気が違いすぎる。

目が据わったサミューちゃんはそう言うと、屋根を蹴った。行き先は時計台。それは塔のようになっていて、一番上まで行くと、辺りが一望できた。

「……きれい」

丘の上にあり、なおかつ背の高い時計台から見下ろす景色はとてもすばらしいものだった。

街の家から漏れる明かりがきらきらとオレンジ色に輝き、むこうにある草原は星明かりに照らされ、葉が光る。

「下ろします」

ほうと景色に見惚《みと》れていると、サミューちゃんが私を慎重に足場へと下ろした。そこは大きな時計の前で、時計の手入れができるように配置されているようだった。

広さもあり安定感もあるので、とても高い場所だけど怖くない。

「レニ様」

サミューちゃんの真摯《しんし》な声。それに促されて、景色からサミューちゃんへと視線を移す。すると、ちょうど心地よい風が吹いて、かぶっていたフードが外れた。

「ここで守護者の契約をしてもよろしいですか？」

「うん。ここにしよう。……でも、もし、けいやくできなかったら……いみないかも……」

「いいえ。意味はあります。実際の契約の効力は問題ではないのです。……レニ様と私は守護者の契約を結んだ。それが事実です」

「……うん」

サミューちゃんはそう言うと、その場で跪《ひざまず》き、そっと私の右手を取った。

そしてまっすぐな瞳で私を射抜く。鮮やかな碧色の瞳。

「私、サミュー・アルムはレニ・シュルム・グオーラの守護者として、契約します。この身をかけて、この命をかけて。必ず、この方を守り抜くと誓います」

サミューちゃんはそう言うと、私の手をそっと持ち上げた。そして、そのまま、てのひらに唇を寄せて――

「さみゅーちゃん……っ」

柔らかい感触。そして、そこから感じるサミューちゃんの決意。乞われるような感触に、私は思わず声を上げてしまった。

「申し訳ありません、レニ様。契約には相手の一部分に口づけをする必要があるのです」

「そうなんだ……、ごめん、びっくりした」

「どうでしょうか？　なにか感じるものはありますか？」

サミューちゃんにそう言われて、ふと、自分の右のてのひらが温かくなっていることに気づいた。

そして、それがじわじわと全身に広がっていく。

「あったかいかも」

「よかった……」

「これ、れにもおかえししたほうがいいよね？」

「え!?」

契約なんだから、お互いにやるべきだと思う。

なので、私は片膝をついているサミューちゃんをそのままぎゅうと抱きしめた。その状態のサミューちゃんなら、私と顔の位置が近いから。

「れに・しゅるむ・ぐおーら。さみゅー・あるむをしゅごしゃにする。いっしょにたのしいことをいっぱいする」

それだけ言うと、抱え込んでいたサミューちゃんの顔が見れるように、そっと身を離した。

そして――

「だいすき」

ちゅっと。

鮮やかな碧色の瞳を守る、まぶたに口づけを落とす。

目は二つあるので、一回じゃなくて、もう一回。

そうして、ちゅっと唇を離して、ふふっと笑った。

「どう？　さみゅーちゃんもあったかい？」

これで温かければ、守護者の契約がうまくいった証《あかし》なんだと思う。

だから、ちゃんと尋ねたのに、サミューちゃんは動かなくなってしまって……。まずいっ。

「あ、無理、尊い、むり、さいしゅうへいき」

そう言って、また、白目を剥《む》いて――

「だめ！　さみゅーちゃん！　ここでたおれたら！」

「とうと……い……」

「さみゅーちゃん！」

――倒れたら、落ちちゃうから!!

時計台から、なんとか落ちずに持ちこたえたサミューちゃんと私。

守護者の契約はきちんと成功し、私とサミューちゃんの間で【精神感応《テレパシー》】が使えるようになった。

耳の丸い、封印状態の私だけれど、やはり種族は【エルフ】だったようだ。

時計台で一命をとりとめたサミューちゃんの話では、私の中にはちゃんと魔力はあり循環しているようだ。ただ、その流れは封印されており、私の意思ではうまく使えないのかもしれない、とのことだった。母もそのような状態で、しかしエルフの血族としてサミューちゃんとの守護者契約は続いていた。

だから、私も守護者契約はできたのだろう。

【精神感応《テレパシー》】ってどんな感じかな？　と実験もしてみたけれど、私の考えのすべてが伝わったり、サミューちゃんの考えがわかったりするようなものではなかった。

なんていうか、サミューちゃんに伝えたい、と思いながら考えたことだけがサミューちゃんに届くような感じで、イメージだと電話が近い。

この能力があれば、どんなに離れていても、お互いにやりとりができるので、便利だ。

母とサミューちゃんもやりとりができるので、もし父や母になにかあっても、すぐにサミューちゃんに連絡がくるだろう。これから旅に出ても安心。

というわけで。

「ぱぱ、まま、いってくるね」

レニ・シュルム・グオーラ。立派に四歳になりました！

四歳！　それは旅立ちの季節！

「いっぱい寝て、たくさん食べて、しっかり大きくなってね」

「うん。れに、もっとつよくなる」

「そうだな。レニなら心配いらないな」

四歳になるまで、たくさんの思い出を作った私たち家族は、笑顔で旅立ちの朝を迎えた。……んだけど、父はちょっと涙ぐんでいる。

「ぱぱ、ちゃんとにんぎょうもってね」

「わかってる。レニがたくさん家に飾ってくれたからな。大丈夫だ」

「まま、あんまりむりしないでね。たいへんなことがあったら、すぐにさみゅーちゃんにいってね」

「ええ。レニも困ったことがあったら、サミューに言うのよ」

「うん」

最後にぎゅーっと母に抱きつく。すると母もふんわりと抱き返してくれた。

「レニ。……気を、つけてつなっ……！」

そして、母から父へと渡され、父が私をしっかりと抱きしめる。

ついに涙ぐむどころではなく、声まで裏返ってしまったけれど、父は私を離し、そっと地面へと下ろした。

「サミューっ。頼んだ、ぞッ」

「お願いね、サミュー」

「はい。必ずお守りします」

私の頭上で大人三人が視線を交わしあう。

お互いに強く頷《うなず》きあい、その後、サミューちゃんが私の手を握った。

「レニ様。参りましょう」

「うん！」

天気は晴れ。

風も心地いいし、とってもいい日だ。まさに旅立ち日和。

「いってきます！」

父と母に手を振る。

母は笑顔で、父も泣きながらも笑顔で見送ってくれた。

「すらにたの、あたらしいちょうちょうはどう？」

「新しく就任した者ですね。シュルテムがいなくなったので急ぎでの就任だったために長くは在籍しない予定のようですが、現在は立て直しに必死なようですね」

「そっか」

「シュルテムが公金をかなり横領したり、近隣から法外な税金を集めたりしていたようで、その後処理に追われているようです。新しい街長《ちょうちょう》自体は無能ではなく、悪事をする素振りはありません。問題ないと判断しました」

「じゃあ、あんしんだね」

とことこと道を歩きながら、サミューちゃんと話をする。

こういうのも【精神感応《テレパシー》】でもいいが、会話のほうが簡単だ。

シュルテムがいなくなり、一時は騒然としたけれど、どうやら新しい街長はなんとかやっているようだ。

これなら、父や母、助けた女性たちも安心だろう。

「ただ、まだ、こどもたちの行方がわかっていないのです。レニ様と旅立つまでに時間があったのに申し訳ありません」

「ううん。しらべてくれてありがとう。こども、どこにいったんだろうね」

シュルテムに女性たちと一緒に集められ、どこかへ売られたこどもたち。

シュルテムは上との繋《つな》がりのためだ、と言っていたけれど……。

「さみゅーちゃん、まずはどこにいく？」

「最初はここの村や街を管轄している、市の中心地へ行こうと思います」

「しちょうがいるところ？」

「はい。レオリガ市といいます。もし、シュルテムと繋がりがあるのならば、そこからたどれるか、と」

「わかった」

サミューちゃんの言葉に頷く。

シュルテムが上と繋がりたい、と言っていたのだから、まずは街長の上の位である市長が怪しいというのはたしかに考えられる。

「すでに調査はしたのですが、またレニ様が直接見ればわかることもあるかもしれません。なにより一帯では一番栄えている場所ですので、レニ様が観光するのにもいいのではないかと思います」

「うん！　いってみたい！」

「レオリガ市は交通の要衝で、たくさんの商売人が立ち寄ります。ですので、宿屋も多く、旅人向けに店も多いのです。きっとレニ様の気に入るものがあるかと思います」

「たのしみ！」

ずっと村で暮らしてきて、一番栄えたところといっても、私が直接見たことがあるのはスラニタの街だけだ。

ゲーム内で見たような、たくさんの屋台や店が立ち並んだ通りがあるならば、ぜひともこの目で見たい！　サミューちゃんの説明で、わくわくが止まらなくなったよね！

目指すは、市長が住む、レオリガ市！

「どれぐらいあるく？」

「レオリガ市までは三日ぐらいでしょうか。途中に街がありますので、宿泊場所の心配はありません。もし、急ぐようなら私がレニ様を運びますが……」

「ううん、れに、じぶんであるく」

サミューちゃんに抱っこで運んでもらえば、早いし楽だし、すぐに着くけれど、私は筋肉をつけなくてはならない。

能力がまだまだマイナス補正なのだ。

「そうですね。ゆっくり参りましょう。道中にもレニ様が楽しめるものがあると思います」

「うん！」


そうして、旅に出て三日。

旅の途中で、お肉が有名な食事処《どころ》でおいしいステーキを食べたり、果物狩りができる農園に寄ったりしながら、楽しんでいたら、あっという間だった。

サミューちゃんによると、今日中にはレオリガ市に着くだろう、とのことだ。

「みちもひろいし、ばしゃもふえたね」

「はい。やはり交通の要衝ですね。往来が盛んです」

私の生まれた村からスラニタの街へは、舗装もされていない人がやっとすれ違えるぐらいの道だったのに、ここでは馬車がすれ違えるぐらいの広さの道があり、なおかつ舗装もされている。

馬車が渋滞しているようなことはないけれど、一台通過したと思ったら、すぐにまた横を通っていく。

それだけで、レオリガ市がとても栄えていることがわかった。

「……さみゅーちゃん、あれ」

「どうしたのでしょうか」

また一台、横を馬車が通る。

その馬車を目で追いかけていると、なぜかその馬車は途中で止まった。そして、進路を変更し、また私たちの元へと戻ってくる。

「おい！　逃げろ！」

すれ違いざま、馭者《ぎょしゃ》が私たちへと声をかけた。

「南を見ろ!!　ドラゴンだ!!」

焦った馭者の声。私はすぐに言葉を唱えた。

「あいてむぼっくす！」

緊急事態の予感に、私は素早く装備品を身につける。【猫の手グローブ】と【羽兎《はねうさぎ》のブーツ】。

最初から装備していた【隠者のローブ】のフードをかぶればばっちり！

「さみゅーちゃん！」

「はい！」

サミューちゃんに声をかけ、【羽兎のブーツ】で地面を蹴って、馬車がUターンしてきた場所へと跳ぶ。

着地したのは小高い丘の頂上。南を見下ろせば、さっきまで私たちが歩いていた場所からは見えなかった光景が見えた。

「おそわれてる」

見えたのは豪奢《ごうしゃ》な馬車と馬に乗った兵士らしき人たち。兵士は馬車を取り囲み、守ろうとしているようだった。それをドラゴンが襲っている。

ドラゴンは体高一〇メートルぐらい。銅色の鱗《うろこ》がぎらぎらと輝き、太い前脚と後脚、立派な翼が生えていた。尻尾と首を入れた全長はもっと大きいだろう。

ドラゴンは四足で地面に降り立ち、右前脚を振るって、馬ごと兵士を弾《はじ》き飛ばした。

「あのドラゴンは、宝玉を守っていた……。洞窟で眠っているはずなのに、なぜ……」

サミューちゃんが呆然《ぼうぜん》と呟《つぶや》く。

そう。あのドラゴンは私も知っている。転生前のゲームで、宝玉を手に入れるために倒した洞窟のボス。それがあのドラゴンだ。

私がゲームで手に入れた宝玉と、父とサミューちゃんが、母のために手に入れた宝玉は、手に入れた場所がリンクしていた。だから、そのボスの魔物も一緒だったのだろう。

洞窟に眠るはずのアースドラゴン。それがなぜか地上に出て、馬車を攻撃していて——

「いこう！」

「お供します！」

ドラゴンが左前脚を振るい、トゲのついた尻尾を振って、馬車を取り囲んでいた兵士を薙《な》ぎ払う。

この攻撃で、馬車を守っていた兵士たちは、すべて倒されてしまった。

兵士がいなくなったことがわかったのだろう。ドラゴンは喉をグゥと鳴らすと、錆《さ》びた鉄色の目で馬車を捉えた。鋭い鉤爪《かぎづめ》のついた右前脚で馬車をつかむ。

脚をかけられた馬車はミシッと音が鳴って――

「ねこぱんち！」

「グァァ!?」

馬車の一部が破損したけど、すんでのところで間に合った！

丘からドラゴンまで一気に【飛翔《ジャンプ》】。そして、右ストレート！

けれど、ドラゴンは私の気配を感じたのか、【猫パンチ】が当たる前に、空へ飛び上がって回避してしまった。フードをしっかりかぶっているから、姿は見えないはずなんだけど……。うーん。残念。

「レニ様！　ひとまず、ドラゴンの注意を逸《そ》らせます！」

「うん」

私と同じように、丘から馬車のそばまで来ていたサミューちゃんはそう言うと、背中の弓を構え、空中のドラゴンに向かって矢を放った。

サミューちゃんの碧色《みどりいろ》の目がきらきらと光っているから、きっと【魔力操作】をしているのだろう。

スラニタの街で見せてもらったサミューちゃんの弓矢はとっても強かった。

けれど、ドラゴンも魔力を使っているのか、その矢はドラゴンに当たる前にバリアのようなもので弾き飛ばされてしまった。

サミューちゃんはもう一度弓を構えると、馬車から離れながら、矢を放った。

『レニ様。ドラゴンは魔力で障壁を作り、矢を弾いているようです。矢が通ることはないかもしれませんが、射《う》っていれば、降りてくることはないと思いますので、このまま続けます』

『うん。おねがい。ばしゃのひととはなしたら、れにもたたかう』

『はい！』

サミューちゃんの声が頭に直接響く。【意思疎通《テレパシー》】だ。

声が届かない場所でも、こうしてやりとりができるからすごく助かる。

サミューちゃんの言葉通り、ドラゴンは矢が気になるようで、空中で飛んだまま、馬車を襲ってはこない。ドラゴンの注意が馬車から逸れているのだ。

なので、私はその隙《すき》に馬車へと近づき、扉をコンコンとノックした。

「だいじょうぶ？」

「だ、大丈夫ですわ！」

返ってきた声がまだ幼い。もしかしたら、私と同じくらいかも？

「殿下っ、直答せず私たちを通してください」

「今はきんきゅうじたい、ですわ」

「しかしっ」

「いいから、わたくしが話したいの。外はどうなっているの？　兵士は？」

馬車の中には何人かいたようで、聞こえてきた声は全員女の人だと思う。

その中で、『殿下』と呼ばれている、幼い声の持ち主が最初に反応してくれたようだ。引き続き、私とやりとりをしてくれるみたいなので、状況を説明していく。

「へいし、ぜんいんたおされちゃった」

「そんな……っ」

「どらごんがおそってたよ」

「ドラゴンが……？」

幼い声が怯《おび》えたように震える。兵士が全部倒されて、ドラゴンが襲っていたなんて言われたらびっくりするよね。たぶん、なにが起こったかわからないまま、今に至っているのだろう。

馬車は豪奢な飾りがついた木製で、窓は小さめ。窓のカーテンが今は閉まっていた。きっと、ドラゴンが突然襲ってきてから、外の様子を窺《うかが》う機会はなかったのだろう。

私の言葉に、馬車の中の人たちが怯えているのがわかったので、安心させるように、できるだけ明るい声を出した。

「しんぱいないよ。れにがたおすからね」

「れに……？　いえ、そんなことよりも、あなたは大丈夫なの？」

『殿下』は、私の身の安全が気になったらしい。

えんじに金色の刺繍《ししゅう》が施されたカーテンが開く。すると、そこには私ぐらいの年齢の女の子が現れた。

――ふわふわの茶色い髪に、不審そうな茶色い目。

――きれいなドレスがとても似合っている。

きっとても地位の高いこどもなのだろう。『殿下』という呼び名からも、口振りからも、服装からもそれが見てとれた。

「れに、つよいから」

【隠者のローブ】のフードをかぶっている私の姿は見えないはず。

だから、姿が見えなくても安心できるように、もう一度、明るい声で言葉を返す。

女の子は私の姿が見えないことが不思議だったようで、きょろきょろと視線をさまよわせた。

「どこにいるの？」

「あぶないから、そこにいてね」

今は姿を見せるわけにはいかない。

だから、馬車に残るように声だけかけて、私はドラゴンへと視線を向けた。

サミューちゃんはまだ矢を射っていて、ドラゴンはそれを鬱陶《うっとう》しそうに魔力障壁で払っていた。

『さみゅーちゃん、いまからいく！』

『はい、援護します！』

頭の中でサミューちゃんとやりとりをしてから、グッと地面を蹴った。

「じゃんぷ！」

思いっきり力を入れれば、体が一気に跳び上がる。

そのまま、空中にいたドラゴンに向かって、もう一度、右ストレート！

「ねこぱんち！」

「ングアッ！」

「あっ……」

勢いを全部、右手に込めたのに、ドラゴンはまた私の気配に気づいたようで、左に飛んでそれを避《よ》けた。

『レニ様!? 今、もしかして落ちていますか!?』

『……うん、たいせいくずれた』

『受け止めます！』

【羽兎のブーツ】の力があるから、真っ逆さまに落ちることはないけれど、空中で体勢が崩れてしまったため、背中から地面に降りる形になってしまった。

姿が見えない私の体勢をどうやって感じ取ったのかはわからないけど、サミューちゃんがすかさずフォローしてくれるために【意思疎通《テレパシー》】をしてくれる。

姿が見えない私を受け止めるのは大変だと思うけど、サミューちゃんは素早く私の落下点に待機し、私を抱き止めてくれた。

「レニ様っ！」

「さみゅーちゃん、ありがとう。れにのこと、みえないのにすごいね」

「レニ様の愛《いと》しさは目で見ず、心で感じればいいのです！」

「……うん」

……ちょっとよくわからないけど。

「申し訳ありません。私の矢が通ればいいのですが……」

「ううん。れにがぱんち、あてれたらなぁ」

そう。パンチが当たればいいのだ。

でも、【羽兎のブーツ】では地面から跳び、また降りるという繰り返しなので、空で自由に軌道変更ができるドラゴンには分が悪い。

姿が見えないけれど、気配？　空気の流れ？　よくわからないけれど、それを察知してうまく避けられてしまう。

「レニ様、私はまた矢を射ちます。できるだけドラゴンがその場に留《とど》まるようにしますので……！」

「うん。れにも、ぱんちをあてるほうほう、かんがえてみるね」

「はい！」

サミューちゃんは私を地面に下ろすと、すぐにまた弓を構え、矢を放った。

そして、矢がドラゴンに届く前に、場所を移動し、またそこからも。どうやら、同じ位置から矢を射つのではなく、いろんな方向から射つことで、ドラゴンを移動させずに押し留《とど》めるつもりのようだ。

これなら、サミューちゃんとタイミングを合わせたら、さっきよりはパンチが当たりやすいかもしれない。

でも――

「うえにもしたにもにげられる」

空中は地上と違い、前後左右だけでなく、上下に逃げることができる。

一発でも当たれば、負ける気はしないけれど、でも避けられれば意味がない。

「……くうちゅうで、もういっかいとべればいいのに」

――地面に降りる前に、空気を蹴って、軌道変更ができれば。

「――できる」

やったことなんてない。

空気を蹴るなんて、物理法則上はほぼ不可能。

ゲーム内でもそんなシステムはなかったし。

それでも――

「できる。ぜったいできる」

最強四歳児、レニ・シュルム・グオーラなら。

「にだんじゃんぷぐらい、よゆう」

そうだよね？

『さみゅーちゃん、いまからこうげきする。どらごんをひきとめて』

『お任せを！』

サミューちゃんが矢を射ち、前後左右に逃げられなくなったドラゴン。その銅色の巨体を見上げ、私はぐっと拳《こぶし》を握った。

「じゃんぷ！」

サミューちゃんが矢を射つタイミングに合わせて、地面を蹴る。

空中に留まっているドラゴンに正面からぶつかるように。

サミューちゃんの矢のせいで前後左右に逃げられず、正面から私が来ていることを察したドラゴンは私の軌道から逸れるように、真上へと飛び上がった。

「そうだとおもった」

ふふっと笑みがこぼれる。

このままいけば私はドラゴンの下を通過するだけだ。

ドラゴンもぴょんぴょん跳ぶだけの私より、サミューちゃんを警戒しているようで、私のほうを見ようともしない。まあ、姿が見えないのもあるだろうけど。

でも、その警戒心のなさが命とり！

「ここ！」

ドラゴンの真下。

そこで、グッと右足に力を入れた。

――胸が熱い。

胸から、じわじわとこぼれだしていく。こんな感覚知らないけど、でもいやじゃなかった。

だから、その胸の熱さを右足に集めて――

「――にだんじゃんぷ！」

虚《むな》しく、空を切るはずの右足にたしかに感触があった。

それを思いっきり蹴り飛ばす。

すると、私の体は真上に跳び上がった。

「ねこぱんち！」

ドラゴンの錆びた鉄色の目が私に向く。

ああ、もしかしたら、フードが取れちゃったのかもしれない。

でも、今さら、私を見つけても遅いんじゃないかな。

折り畳んでいた右手をまっすぐ上に突き上げる。

ドラゴンの下腹部をグッと押し上げ、勢いも力もすべて右手に！

「おほしさまになぁれ！」

「グアァアアッグゥウウッ!!」

――キラン
ドラゴンは星座になりました！

「レニ様っ!!?」

星座になったドラゴンに、ふふんと笑っていると、サミューちゃんに焦った声が聞こえた。

あ。そうか。私は今、頭を上げてないのに空を見上げている。うん。また体勢を崩して、背中から落ちてる。

『さみゅーちゃん、うけとめて』

「はい、喜んで!!」

【意思疎通《テレパシー》】でお願いをすると、サミューちゃんが元気な声で返事をしてくれる。声の大きさといい、ちょっと食い気味な感じといい、居酒屋の挨拶みたい。

すでに落下点に来てくれていたようで、サミューちゃんはふわふわと落ちる私を、しっかりと抱き止めてくれた。

「ありがとう」

サミューちゃんを見上げてお礼を言う。

すると、サミューちゃんはカタカタと震えて――

「あ、あ、あ……いえ、あ、愛しさがこの手に。あ」

まずい。

「おりるね」

サミューちゃんの腕に預けていた体を起こし、下りる素振りを見せる。するとサミューちゃんはそっと地面に下ろしてくれた。

「だいじょうぶ?」

「はいっ、申し訳ありません……やはり、姿を見たままの状態で抱き上げるというのは、私にはまだまだ攻撃力が高く……愛しさ耐性が足りないようです」

「……うん」

サミューちゃんはすごく真剣な顔をしている。

ドラゴンとの戦いでフードが脱げちゃったから、姿の見える私をそのまま抱っこするのはサミューちゃんには大変だったのだろう。……攻撃力とか愛しさ耐性とかは、なにを言ってるかわからないけど。

「ところでレニ様、どこか体に異変はありませんか？」

「いへん？」

「はい。ドラゴンに攻撃した際、レニ様の魔力を感じたので」

「れに、まりょくつかえないよ？」

「魔力を失くしたドラゴンでエルフである女王様からレニ様は生まれました。今後、魔力が使えるかどうか未知数でしたが、守護者の契約も行うことができています。先ほどはたしかに魔力を感じたので、なにかきっかけがあったのか、と」

「うーん……あ、むねが、あつかったよ」

「胸が？」

「うん。できるっておもったら、むねからあふれてきた」

「それがレニ様の【魔力操作】なのかもしれません」

「まりょくそうさ！」

私がやりたかったヤツ！　サミューちゃんが使ってて、すっごく強いヤツだよね！

できるようになったなら、うれしい。

「もういっかいやってみる」

「はい。無理はなさらず」

「できる。できる。れにはできる」

むーんと胸に意識を集中して――

「できる」

でてこい、熱いの！

「――。……。……うん」

うん。

「できない」

全然、熱いの感じないね。

「あついの、でてこない」

「そうですね。私も今はレニ様の魔力は感じません……」

「そっかぁ……」

やっぱりすぐにはできないよね……。なんでできたかもイマイチわからないし。

「申し訳ありません。私がうまく伝えられればいいのですが、【魔力操作】はエルフであれば生まれつきできることが多く、なんと伝えていいかもわからず……」

「ううん。だいじょうぶ。また、やってみる」

ステータスに【封印】と出ていたし、きっとそれが影響しているんだと思う。種族はエルフだけど【封印】されて、耳が丸い私。そんな私が普通のエルフと同じようにするのが難しいのは当たり前だ。

「めげない」

そう！　だって一回できたのだから！

ゲームでも何度も挑戦して、その度にうまくなってできることが増えるのだ。だから、また、こつこつと練習と修行をすればいい。

「レニ様……っ」

私ががんばる、と頷くと、サミューちゃんは感動したように目を潤ませた。

「尊い……尊い……っ。私は今、レニ様を全身に浴びている……っ！」

サミューちゃんはそう言うと、ふるふると体を震わせる。

……うん。よくわからない。

困惑して、震えるサミューちゃんを見上げる。

すると、そこに声がかかって——

「つちょっと、あなたっ!!」

幼い声。これは馬車に乗っていた、『殿下』と呼ばれていた女の子のものだ。

馬車から私たちまでの距離は一〇メートルぐらい。女の子はかなり大きな声を出してくれたのだろう。

「なに？」

返事をしつつ、首を傾《かし》げて、仕草で伝える。距離が遠くて、私の声は届かないだろうから。

すると、きれいなドレスを着ていた女の子は手招きをした。

「遠いのよ！　ちょっとこっちに来なさいっ！」

「わかった」

こくりと頷き、馬車へと近づく。

【察知の鈴】は鳴っていないし、サミューちゃんも止めないから、近づいてもきっと大丈夫だ。

「どうしたの？」

近づいてから、声をかける。

女の子はそんな私を見て、目を開き、絶句していた。

「すごくきれい……」

惚《ほう》けたように声を漏らす。

私を呼び寄せたのに、用件を忘れてしまったみたい。

女の子の周りには三人の女性がいて、みんな同じような黒いワンピースに白いエプロンをつけていた。制服なのかな？

全員、目を見開いて私を見ているから、びっくりしているんだろう。

「だいじょうぶ？」

「つだ、大丈夫ですわ……っ!!」

はっと意識を取り戻したらしい女の子が、慌てて声を出す。

声はまだ幼いけれど、とても凛《りん》としていた。

「先ほど、ドラゴンを倒していたのを見ましたわ。とてもよい働きでした」

「うん」

「兵士たちがたおされたことは残念ですが、あとのことはレオリガ市長に命じようと思っています」

「うん」

壊れた馬車と護衛の兵士。女の子を守っていたと思われるものはなくなってしまったから、一番近くであるレオリガ市に頼むのがいいのだろう。

『命じる』と言っていることからしても、女の子のほうが地位が高くて、そういうことも頼めるのだろうし。

「……っ、で、……そのっ……」

今まで凛としていた女の子が突然もごもごと口ごもる。

「どうしたの？」

「な、なんでもありませんわ！」

「そう？」

不思議だなぁと思って声をかけたんだけど、女の子は目をキッ！　とさせて反射的に答えた。

怒っているようには見えないけれど、私がドラゴンをパンチしたところを見たから、怯えているのかもしれない。それなら、私がいても怖いだろうし、もう行ったほうがいいよね。

「れに、もういくね」

「え、あ、そ、そうじゃないのっ！」

「ん？」

「あ、あの……待ってほしいんですの」

「まつの？」

「すこしだけですわ！　すこしだけ！」

「うん」

よくわからないけど、待ってほしいみたいなのでその場で頷く。

すると、女の子はクルッと回って、三人の女性たちの元へと駆け寄った。

「どうしたらいいの!?　言葉が出てきませんわ！」

「大丈夫です、殿下！　ファイトです！」

「途中まではいい感じでしたよ！」

「あとはちゃんとお誘いできれば、先ほど練習した通りです！」

「……でも、断られたらと思うと急にこわくなったの」

「「「……殿下っ」」」

「だって、あんなにきれいな女の子が、わたくしなんか……」

女の子の背中が見てわかるくらいシュンとしている。

どうやら、私になにか言いたいけど、断られるのがこわくて言い出せなかったようだ。

話の流れがわかったので、私はその背中に声をかけた。

「だいじょうぶ」

「えっ……？」

「れに、はなしをきくよ？」

ちゃんと待てる四歳児なので。

「いってくれれば、かんがえて、こたえるよ」

「……わかりました」

女の子は振り向くと、緊張した面持ちで私の正面に立った。

「あっ、あの……っ」

女の子の頬《ほお》が赤くなる。

本当に精いっぱいの気持ちで私に話をしてくれているのだ。

「お茶会に……っ」

「おちゃかい？」

「お茶会に来てほしいんですのっ！」

女の子は叫ぶようにそれを言うと、急いで言葉を続けた。

「あなたはわたくしを守ってくれたでしょう？　その報いをしたいのです。これからレオリガ市長と話すので、すこし時間がかかるかもしれませんが、今日中にレオリガ市のどこかで……っ」

一息でそこまで言うと、女の子は急にハッとした顔になった。

そして、みるみるうちに頬の赤みが引いていく。

「……でも、わたくしとなんかお茶会しても……楽しくないかもしれません」

目が悲しそうに伏せられる。

不思議な女の子だ。

私と同じぐらいの年とは思えないぐらいにしっかりしていて、凛としているかと思えば、突然に自信をなくしてしまう。

「しんぱいないよ」

だって――

「たのしいか、たのしくないか、れにのことは、れにがきめるから」

私の気持ちは私が決める。

今の私の気持ちは――

「おちゃかい、とってもたのしそう」

――同じ時間を過ごせば、きっと楽しくなる！

「おまねきしてくれて、ありがとう」

女の子の茶色の目を見て、にっこりと笑えば、女の子の頬がボッと赤くなった。

「そっ、それでは、レオリガ市に滞在していてください。連絡します」

女の子は頬を赤くしたまま、それだけ言うと、女性たちの元へと帰っていった。

「やりました！　やりましたね、殿下！」

「殿下……殿下が同世代の子と会話を……」

「殿下ぁ！」

「こ、これぐらい当然ですわっ！　それより、ここの現状を報告し、兵士たちを助けるようレオリガ市に連絡をとらないといけません。一番足がはやいのはだれ？　とにかく、いそがないと……」

どうやら、女の子は兵士を助けるために、レオリガ市と連絡をとろうとしているようだ。ドラゴンに吹き飛ばされて、みんな大変そうだもんね。

「たすける」

「えっ……？」

「れににおまかせあれ」

ふふんと胸を張り、安心できるよう、大きく頷く。

「さみゅーちゃん、けがしたひと、ひどいひとからつれてきてほしい」

「はい。それはできますが……レニ様の能力が人に知られるのは……」

「だいじょうぶ。いま、ねこだし」

そう！　ドラゴンと戦ったままだから、【猫の手グローブ】をつけている。今の私は猫獣人なのだ。

変装はばっちり！

「……わかりました」

「うん。おねがい」

サミューちゃんはちょっとだけ考えて。仕方なさそうに笑ったあと、すぐに体を反転させた。私も行動開始！

「まっててね」

女の子に声をかけて、微妙に距離を取る。女の子たちの視界を塞《ふさ》ぐような木の向こう側へと行くと、私はしゃがんで、こっそりと呟いた。

「あいてむぼっくす」

言葉とともに表示されるたくさんのアイテム。私はそこから【回復薬（特上）】、【回復薬（上）】、【回復薬（並）】を選んでいく。

一気に出すこともできるかもしれないが、私のことだ。絶対にこぼす。間違いない。

なので、慎重に一つずつ選び、胸元に出現するそれを抱きかかえては地面に下ろしていった。

「ひとつ、ふたつ、みっつ……こっちからはとくじょうで、こっちはじょうで……」

一つずつ区分けをしながら置いていく。

何個ぐらいいるかな？　全部で二〇ぐらいあればいいかな？

「あ、うまのぶん」

馬も治してあげよう。

「にじゅういち、にじゅうに……さんじゅう！」

地面にきれいに並んだガラス瓶。特上、上、並と区分けされていて、なかなか壮観だ。

「レニ様、まずは一人目と二人目です」

サミューちゃんが両肩に兵士を乗せて、私の元へとやってくる。

うん。サミューちゃんって力持ち。

「ありがとう。そこにねかせてほしい」

「はい。……それにしても、さすがレニ様ですね。効果の高い回復薬がこんなにたくさん並んでいる光景は目にできるものではありません。区切って置いてあるのは効果が違うからですか？」

「うん。よくきくのとふつうのと。けがにあわせてつかえるようにした」

「なるほど、効率的ですね。兵士を運び終われば、私も回復薬を配るのを手伝います」

「おねがい。あと、うまもあとでかいふくする」

「わかりました」

サミューちゃんは私との会話を終わらせると、また去っていく。吹き飛ばされた兵士や馬を探しながら、重傷の人から連れてくるのは大変だろうが、サミューちゃんになら任せられる。

なので、私は【回復薬（特上）】を持ち、寝かされた兵士へと近づいた。

「だいじょうぶ？」

「……」

「きこえる？　さわってるのわかる？」

「……」

……うーん。反応がない。これはかなり危なそうだ。回復薬を飲めればよかったんだけど、それも難しそう。

ならば――

「あいてむぼっくす」

胸に抱えていた【回復薬（特上）】を地面に下ろし、代わりに【回復薬（神）】を選ぶ。

うん。父に回復薬を浴びせ続けたことが、ここでも役に立ちそう。まさに怪我《けが》の功名！

「つめたいけど、がまんしてね」

ふたを開けた【回復薬（神）】を兵士にバシャーとかける。びしょ濡《ぬ》れだけど、許してほしい。治るから。

「どうしたんですの!?」

私の行動に女の子が声を上げる。まあ、びっくりするよね。

女の子は急いで私のそばまで来ると、兵士の隣で腰を落とした。

びしょびしょになった兵士はうっ……と呻《うめ》いて――

「殿下、ですか……？」

「そうよ。具合はどう？」

「あ、これは、御前《ごぜん》で申し訳ありません」

「そのままでかまいません。それより体は？　痛いところはありませんの？」

「そうですね……すこし倦怠感《けんたいかん》が」

「大怪我だったのに、疲れているだけ……。今、陣を整えているから、そこで休んでいて」

「はっ」

意識を取り戻したらしい兵士は女の子を見て、慌てて体勢を変えようとしたが、女の子はそれを制した。

そして、私を見つめて――

「あなたってすごいのね」

「うん。れに、すごいよ」

茶色の目が驚いてまんまるになっているから、私はそれにふふっと笑って応えた。

「つぎにいく。なおったへいいし、おねがい」

「わかりましたわ！」

女の子にあとは任せて、私は次の兵士の元へと移動する。

次の兵士はすこしは意識があるようで、【回復薬（特上）】を飲んでもらった。あっという間に体が治り、兵士はびっくりしていたけど、女の子が声をかけてくれたおかげで、すぐに落ち着いた。

そうやって、サミューちゃんに兵士を連れてきてもらい、私が回復薬を渡し、女の子たちが治った兵士へと声をかけるのを続けていく。

兵士が治ったあとは、馬にも回復薬をかけたり、飲ませたりすれば――

「みんなげんき！」

「「おー！」」

体を治す途中で仲良くなった兵士のみんなが私の声に合わせてくれる。

よかったよかった。馬も元気！

「あなたにはたくさん、助けられましたわ」

「うん。だいじょうぶ」

女の子が私をじっと見つめる。それに安心させるように頷いた。

「わたくしたちは行きますが、本当に一緒に行かなくていいんですの？」

「れに、うまにはのらない。あるいていく」

筋肉をつけないといけないからね！

「そうですか……。わかりましたわ。では、あのっ……」

私の答えに女の子の表情がわかりやすくがっかりとした。そして、その後はなぜか、そわそわと目が動く。

「そのっ……また」

「うん」

「また！　かならず！　お会いしましょうっ！」

「おちゃかいがあるもんね」

「はいっ！」

「またね」

「はいっ!!」

女の子が本当にうれしそうに笑う。どちらかというと睨《にら》んでいるというか、きつい目をしていることが多かったので、そうやって笑ってくれるととってもうれしくなった。

女の子と女性たちは馬に乗り、私はそれに手を振る。

「すぐに連絡をします！」

「うん」

女の子は何度も私を振り返って、レオリガ市へと向かっていった。

「さみゅーちゃん、わたしたちもいこう」

「そうですね」

「がんばってあるく」

「はい」

装備していた【猫の手グローブ】と【羽兎のブーツ】を外し、サミューちゃんと手を繋ぐ。ドラゴンが出て、兵士を治して、女の子とお茶会の約束をして大変だったけど、一件落着！

「ドラゴンは地下に眠っているはずなのに……。宝玉がなくなったから地上に現れたのだとしても、なぜ馬車を狙ったのでしょうか……」

爽やかな風が吹く中、サミューちゃんは心配そうに呟いた。

番外編一　父母とスコップを買いに行きます

シュルテムを倒して、わが家はとても平和になった。そして、それはわが家だけじゃない。

借金のカタとして、いなくなっていた女性たちが帰ってきたり、狙われて、無理やり借金を背負わされた人の借金がチャラになったり。

街長《ちょうちょう》が突然変わったことで多少の混乱はあったけれど、むしろ、活気が出てきたんじゃないかな、と思う。

四歳で旅立つことにした私に父母はたくさんを思い出を作ってくれようとした。

これは私がまだ三歳、サミューちゃんと旅立つ前に、スラニタの街で買い物をした話。


「レニ、準備はできた？」

「うん、ままがつくってくれたかばん、もった」

「ええ。よく似合うわ」

朝ごはんを食べ、片付けを終えた母が私の頭を撫《な》でる。

私はそれを受け入れながら、肩から掛けたカバンを見せた。

白い生地にピンクのリボンで装飾されたポシェット。たぶん、この形はヒトツノウサギかな？

目のところがボタンで作ってあって、とってもかわいい。

「れに、これすき」

「レニが気に入ってくれてうれしいわ」

母を見上げると、母がうれしそうに笑っている。

本当は私にはアイテムボックスがあるので、カバンはいらない。けれど、これは母の手作りで、最近はよく掛けている。お気に入りなのだ。

「レニ、ほら、おいで」

準備が終わったのを確認して、父が私を手招きする。

そして、両手を広げて――

「……ぱぱ、だっこはなし」

「いや、でも、ほら、スラニタの街まで遠いだろう？」

「れに、あるく」

期待に満ちた目で私を見ているが、私はふるふると首を横に振る。

すると、父はがっくりと肩を落ち込ませた。

「そうか……最近のレニは全然、抱っこをさせてくれないな」

「レニは今、歩いて強くなろうとしているのよね？」

「うん。さみゅーちゃんがおしえてくれた。きんにくつけると、れに、もっとつよくなる」

「レニはすごいものね」

母がそう言って、私の頭をもう一度撫でる。そして、しょんぼりとしている父に声をかけた。

「ほら、みんなで手を繋《つな》いでいきましょう」

「……そうだな。レニ、手を繋ぐのはいいんだよな？」

「てをつなぐのすき。こけない」

「そうかそうかっ。じゃあ、レニが真ん中だな」

そう言うと、父は私の右手を取り、母が左手を取った。

「ぱぱ、まま、ふたりともつなぐ？」

「ええ。だってパパもママもレニのことが大好きだから」

「ああ」

……右てのひらには大きな手。左てのひらには優しい手。

「れにもぱぱとまま、すき」

うれしくなって、くすくすと笑えば、父と母も笑う。

「よし、じゃあ出発だ」

父の声を合図に、家から出て、三人でスラニタの街までの道を歩いていく。すると、父が握った手をぎゅっと強めた。

「レニは強くなりたいんだよな？」

「うん」

「それじゃあ、ただ歩くよりも、もっといい方法をやってみるか」

「いいほうほう？」

「ああ。今から上に引っ張るから、腕に力を入れるんだ」

「私も一緒にやるわね」

父の話を聞いていると、母もそれに賛同する。

そして――

「せーのっ！」

父の声とともに、私の両腕がぐっと引き上げられて――

「ふわぁ！」

浮いてる！

「ほら、レニ、しっかり腕に力を入れろ」

「うん！」

ふわっと浮いた体が楽しくて、くすくすと笑ってしまう。

「レニ、浮いたまま足を動かすと、もっと訓練になるぞ」

「わかった！」

父に言われて、空中に浮いたまま、足を前後に動かす。そうすると、空を歩いているみたい。

「下ろすからな」

言葉とともに、足の裏に地面の感覚が戻ってくる。力を入れた腕はちょっと疲れたけれど、この疲れが筋肉を鍛えた証《あかし》だよね！

「どうだ、レニ？」

「もういっかい！」

「楽しかったみたいね」

「うん。また、ぐいーんってしてほしい」

「もちろん」

「ええ。行くわよ」

父母を見上げれば、二人とも笑顔で、また私をぐいっと引き上げてくれた。今度はさっきより、もっと高く！

「ふわぁ！……！」

「怖くないか？」

「こわくない！　たのしい！」

重力に逆らって持ち上がる体と、父母の手から伝わる体温と。足を動かせば、私の力じゃないのに、勝手に前へと進んでいく。

胸のふわふわが止まらなくて、勝手に笑顔になってしまった。

そしてまた、ゆっくりと下りると、足裏に地面の感触が戻ってくる。

「レニ、疲れたら、俺が抱っこするからな」

うきうきとする私に父が声をかける。心配してくれているのかな？

「だいじょうぶ」

「そうか……」

答えると父はまたわかりやすくがっかりとした。……どうやら、私に疲れてほしかったらしい。

「レニ、パパはどうしても抱っこしたいみたいよ」

母の言葉にうーんと考え込む。

しっかりと歩いて体を鍛えたいけれど、四歳で旅立つことを決めた私は、父の望みを叶《かな》えられるのも、今しかないわけで……。

「これいっぱいやればつかれるかも」

歩くだけよりも、手に力が入るし、足も空中でバタバタしてるから結構、運動になっている気がする。ので、父が言う通り、これをやれば普通に体を鍛えるよりも効果がありそうだ。

そして、効果があるということは、疲れやすいということで……。

「そうかっ！　よし！　じゃあ、もう一回だ！」

父が喜び、私の体がまた持ち上がる。母もタイミングを合わせてくれているみたいで、ちゃんと両方から持ち上がるから、変なバランスになって、肩が痛くなることもない。

そうして、結局、スラニタの街に行くまでのあいだそれを繰り返した。一〇回ぐらい続けたところで、私の体は心地よい疲労感に包まれていた。

結果。

「レニはかわいいなぁ」

私は父に抱っこされていた。うん。父は私を抱っこできてうれしいし、私はしっかり運動をして、こうして休息も取れるから、Ｗｉｎｗｉｎだ。

「レニはパパの抱っこが嫌いなわけじゃないんだよな？」

「うん。ぱぱのだっこ、あんしんする」

父は今は猟師で、元は冒険者。家に来た借金取りをあっという間にやっつけてしまうぐらい強いのだ。体に安定感があって、私一人を抱っこしたぐらいではブレない。

なので、正直にそう言うと、父はわかりやすく笑顔になった。

「そうだろう？　あー、レニはかわいいなぁ、かわいいなぁ」

……最近、父がかわいいしか言わなくなっている気がする。

「レニ、着いたわ。あそこが道具屋よ」

父に抱っこされたまま、スラニタの街に入り、しばらく進むと母が一軒の店を差した。

父が病気でどうしようもなかった頃、母はこの街で働いていたこともあるから、街に詳しいんだろう。

「他にもいくつか道具屋があるんだけど、あそこのものが一番かわいいと思うの。もし、気に入らなければ違う店にも見に行くから、まずはあそこに行きましょう」

「うん」

「いいのがあるといいな」

母が先導し、それに私を抱っこした父が続く。

ドアを引けば、ついていたベルがカランカランと鳴った。

「いらっしゃいませ。今日はなにをお買い求めですか」

「今日は娘のものを買いに来たのですが――」

ドアのベルが合図になっているみたいで、お店の人が奥から出てきて、すぐに対応してくれる。

それに母が答えたけれど、今日は私のものを買う予定なのだ。

母だけに任せるわけにはいかない。

なので、父に抱っこされたまま、私は大きな声で言った。

「すこっぷがほしい！」

「あら、こんにちは。スコップが欲しいの？」

「うん。つち、ほれるの」

声を上げた私に気づき、お店の人がニコッと笑ってくれる。私はそれに頷《うなず》いて返した。

そう！　今日はスコップを買いに来たのだ！

「あまり物を欲しがらない子なのですが、初めて『欲しい』って言ってくれたので」

「ああ。やっと買いに来られたな」

母が私を見てふふっと笑い、父が私の頭を撫でる。

スコップが欲しいと言ったのは、二歳のとき。畑に肥料を撒《ま》くために必要だったんだよね。

そのときは、わが家は貧乏ということで、家にスコップはなかった。もちろん買うこともできずに、母に悲しい顔をさせてしまったのだ。結局、おたまで乗り切ったんだけど。

母はそのときのことをずっと覚えていたらしい。

借金取りも倒し、借用書も取り返し、スラニタ金融も潰《つぶ》した。そして、黒幕であった街長のシュルテムもいなくなったので、わが家はもう貧乏で困ることはないし、目をつけられることに怯《おび》えることもない。

こうして三人並んで街に来て、買い物ができるようになった今、私の欲しいものを買ってあげたい、と思ってくれたようだ。

「それぐらいの年齢のこどもさんは、土で遊ぶのが好きですよね。うちのスコップは機能性だけじゃなく、かわいさにもこだわっているので、選んでください」

お店の人は父母の話をにこにこと聞き、カウンターの上にスコップを並べてくれた。

「ふわぁ……かわいいね」

その並べられたスコップを見て、思わず声が漏れる。

スコップなんて、手で持って土を掘れればそれでいいと思ったけど、並べられたスコップはカラフルで模様もいろいろあった。

「レニ、見て。これは持ち手の先にひよこがついているわ」

母がそう言って示してくれたスコップは黄色で、柄の先にひよこの造形がついていた。その隣にはピンク色で柄の先にうさぎがついている。

「レニ、こっちもいいんじゃないか」

父がそう言って示してくれたスコップは赤色。黒い斑点が描かれていて、柄は緑色だった。

「いちご？」

「わかる？　そうなの。スコップの掘るところがいちごの実。持ち手が葉と茎になっているの」

私が首を傾《かし》げると、店の人がうれしそうに頷く。

「すごいね」

私は思わず感心してしまった。まさか、スコップがいちごになるなんて。

でも、スコップは細長いから、もうすこし三角のところが広ければ、よりいちごらしいと思う。

そう、なので、これはいちごというより——

「あ!!」

「どうした、レニ?」

「なにかあった?」

大きな声を上げた私に、父と母が同時に声をかける。

私は二人に教えるように、いちごのスコップの隣を指差した。

「あれ！　あれ！」

指差した先にあったのは、いちごのスコップと同じように、スコップ全体でデザインが表現されているもの。オレンジ色に白色の波線が何本か入っている。そして、柄は緑色だ。

「にんじん！　にんじんすこっぷ！」

「あら、本当。にんじんね」

「にんじんだな」

「れに、これがいい」

オレンジ色もかわいいし、緑色もかわいい。にんじんのデザインを採用したこの道具店に賞賛を送りたい！

「……レニ、こっちのピンク色のヤツや水玉模様じゃなくていいのか？」

「れに、にんじんすこっぷがいい」

父がそっと違うスコップを勧めてきたけど、ふるふると首を横に振る。すると、父と母は目を見合わせて、それから頷いた。

「そうね。じゃあこれにしましょう」

「そうだな。レニが選んだのが一番かわいいな」

「では、こちらで」

私たちの会話を聞いていた店の人がにんじんスコップを取り、値段を確認する。そして、父が支払いをしてくれて、にんじんスコップは紙袋に包まれた。

「れにがもつ」

「はい、どうぞ」

にんじんスコップの入った紙袋を渡され、それを大事に持つ。カサカサという音と、金属製のスコップの重みがうれしかった。

「ぱぱ、まま、ありがとう」

お店を出てから、父母に礼を言う。二人はにこにこ笑顔だ。

「レニが気に入るのがあってよかった」

「うん。れに、すごく、きにいった」

「やっと、レニの欲しいものを買うことができて、本当によかったな」

「ええ」

「だいじにする」

二人が本当にうれしそうだから、私はもう一度、胸にある紙袋をぎゅっと抱きしめた。

……アイテムは前世から持ち越したから、いろんな種類のいろんなものを持っている。

でも、このスコップはたった一つだから。

「レニ、喉が渇いてないか？　あそこにフルーツジュース売ってるぞ」

父がそう言って、広場にある屋台を指差す。どうやら買ってくれるようだ。人気の店なのか、人が並んでいるのも見えた。

「れに、のんでみたい」

「わかった。人が多いから、レニはここでママと待ってるんだぞ」

「うん」

そう言って、父は名残惜しそうに私を地面に下ろす。

「じゃあ、みんなの分を買ってくるからな」

「ぱぱ、ありがとう」

「ありがとう。お願いね」

母と私に見送られて、父が屋台へと並ぶ。どれぐらいかかるかなぁ。

「あの店は、凍らせたフルーツを砕いてジュースにしてるの」

「つめたくて、おいしそう」

「ママも初めて飲むから、楽しみ」

「れにもたのしみ」

母を見上げて、ふふっと笑えば、母もにこにこと笑っている。

父のことだから、母が飲んだことがないのもわかっていて、飲ませてあげたいと思ったのだろう。

二人は仲良し夫婦だ。

そうして、母と二人で父を待っていると、騒がしい声が届いて——

「なんだ？　なんかいいもの持ってるのか？」

「やだ、やめて……！」

「あ？　なんだこれ！　ごみじゃん！」

「本当だ。なんでこんなの持ってるんだ？」

「変なヤツ！」

「返して……っ」

幼い声が四つぐらい？　ちょうど、私が立っている後ろの路地から聞こえてきているみたいだ。

「まま、れにいってくる」

「え？　レニ、どこに行くの？」

「ままはぱぱをまって。だいじょうぶ、とおくにいかない。すぐにもどる」

母にそれだけ言って、路地の奥へと走る。

そこにいたのは——

「ほら、ごみは埋めといてやったから」

「……っ」

「おまえ、本当に泣き虫だなー」

女の子一人と男の子が三人。小学校の低学年ぐらいかな。男の子三人が女の子を囲んでいる感じ。

……たぶん、女の子がいじめられているんだと思う。

「なにしてるの？」

私はこちらに背を向けている男の子たちに声をかけた。

その途端、男の子たちの肩がビクッてなった。悪いことをしているという認識はありそうだ。

「わっ……なんだ、こどもじゃん」

「びっくりさせるなよ」

「ほら、あっちいってろ」

そう言って、私を押す。……ので、私は一度、そこから離れて男の子たちと距離を取った。

そして——

「たいあたり！」

そのまま助走をつけて、一番強そうな男の子の腰から膝ぐらいまでにぶつかっていった。

「あっ、ちょ、え!?」

私の勢いを受け止められず、そのまま前のめりにズシャーとこける男の子。わぁ、痛そう。

「っ!? くそっ、痛いっ」

「なにするんだ！」

「怒るぞ！」

こけた男の子と、ほかの二人が目を吊《つ》り上げて私を見る。なので、私はまた助走をして――

「たいあたり」

「うわぁっ！」

「たいあたり」

「むぎゃっ！」

三人とも平等にね！

地面に転がる三人を見下ろす。そして、冷静に言い放った。

「ぱぱとままときた。すぐにさがしにくる」

私の言葉に、男の子たちの目が泳ぎ、それぞれで視線を合わせる。

悪いことをしている自覚はあるし、大人に見られたい場面ではないのだろう。

「おれたちは、なにもしてないからな！」

言い訳を吐き捨てて、男の子たち三人は走ってどこかへ行った。

私はそれを確認すると、女の子へと歩み寄る。

「だいじょうぶ？ やなことされた？」

しゃがみ込んでグスグスと泣く女の子の前に私も屈《かが》む。

「いいのっ、……」

女の子はそう言うと、地面を手で掘り始めた。

「ここになにかあるの？」

「……なんでもないっ」

「でも、て、いたいよ？」

地面は土だったけど、女の子の掘った場所だけ、色が変わっていた。

たぶん、だれかが一度掘って、ここになにかを埋めて——女の子はそれを取り出そうとしているのだろう。でも、上からしっかりと踏み固められたようで、すぐには掘り返せないようだ。

女の子の指の爪には土が入って、指先で硬い地面を掻《か》くから、すごく痛そう。

「れに、すこっぷある」

胸に抱えていた紙袋をガサゴソと開き、中からスコップを取り出す。ちょうどいいからこれを使おう。

すると、スコップを見た女の子はぽかんと口を開けて——

「にんじん？」

「にんじん」

「どうしてにんじん？」

「かわいい」

「にんじんってかわいい？」

「かわいい」

「……そっちのポシェットはすごくかわいいと思うけど」

「ままがつくってくれた。おきにいり」

ポシェットはかわいい。そして――

「にんじんもかわいい」

私が真剣に言えば、女の子はまたぽかんとした顔になった。

さっきまで泣いていた女の子だったけど、どうやら涙は引っ込んだらしい。

私の顔をまじまじと見て――

「変なの」

――くすって笑った。

「名前、なんていうの？」

「れに」

「レニちゃん？」

「うん」

「スコップ、貸してくれる？」

「いいよ」

手に持っていたにんじんスコップを渡す。すると、女の子は手で掻いていた地面に向かって、慎重にスコップを刺した。

「わたしも……変なの」

「へんなの？」

「……きれいなものを集めるのが好きなんだけど」

「うん」

「ごみって言われちゃった」

女の子がスコップを使うと、地面から土と一緒になにか出てきた。

「かい？」

「貝だよ。光にかざすとキラッて光ってきれい」

「ぼたん？」

「黒色だけど、つやっとしててきれい」

女の子と私で会話をしながら、土から掘り出していく。女の子が拾い集めたのは――どこにでもあるもの。

土に汚れたそれがきれいな理由を、女の子は一つ一つ説明してくれた。

「きれい……だったんだけどな」

しょんぼりとする女の子に、大丈夫と頷いた。

「あらえばきれいになる」

「そっか……うん。そうだよね」

女の子は安心したように笑う。そこに声が聞こえてきて――

「レニッ！」

「あ、ままだ」

私が来た方角から、母がこちらへ来ているのがわかる。

父と話ができたかどうかして、私を捜しに来てくれたのだろう。ちょうど作業も終わったところだ。

「ぜんぶあった？」

「うん。スコップ、貸してくれてありがとう」

女の子からにんじんスコップを受け取る。そして、代わりに紙袋を差し出した。

「ここにいれてもってかえる」

「いいの？」

「うん。いつもはどうしてる？」

「いつもはポケットに入れてるの。さっきは手に出して見てたらみつかっちゃった」

「そっか……」

私はすくっと立ち上がると、母に向かって手を振った。母は私を見つけ、すぐに駆け寄ってくれた。

「レニ、なにもない？」

「うん。いっしょにはっくつしてた」

「発掘……？」

私の言葉に母が首を傾げる。そして、女の子に向かって声をかけた。

「一緒にいてくれてありがとう」

「あ、いえっ、そのっ……私が、助けてもらったので……」

女の子は恥ずかしがりやなのか、目をきょろきょろとし、落ち着かない様子だ。

「まま、あのね、おねがいがある」

私はくいっと母の袖を引っ張った。

「ぽしぇっと、あげてもいい？」

母が作ってくれた、ツノウサギのポシェット。お気に入りでずっと掛けていたんだけど……。

私の言葉を聞いて、母がゆっくりと屈む。そして、私の目を見て、ふわっと笑った。

「ママはレニを信じてる。レニがポシェットを大事にしてくれたこともわかってるし、ずっと掛けてくれてすごくうれしかった。……それでも、あげたいってことは、大事なことなのよね」

「うん」

「じゃあ、ママはレニがやることに賛成するわ」

「……ありがとう」

母はすごいなって思う。二七〇年生きているからか、包容力の強さを感じる。

そんな母の言葉を受けて、私はポシェットを外し、女の子へと掛けた。

「えっ、これっ」

「あげる」

「あっ、でも、お気に入りだって」

「うん。だから」

「えっ」

混乱している女の子の手を、にんじんスコップを持っていないほうの手でぎゅっとつかむ。土で汚れた手。

「れに、きれいなもの、すき」

きらきらして、目が吸い込まれちゃう。

「きれいなところ、さがせるの、すごくすごく、すてき」

なんてことないものだったけど、きれいなんだよって教えてくれた女の子の心が、すごく素敵だと思った。

だから――

「れにのぽしぇっと、ぽけっとよりいっぱいはいる。ぽしぇっとはかわいいから、いやなこといわれないかも」

……わからないけど。かわいいポシェットなら男の子たちに嫌なことを言われにくい気がする。

でも、そんなの関係なくて、言われるかもしれないけど。

「なにかいわれても、ずっとあつめてほしい。れにはすてきだとおもう」

きれいなものを集めるのをやめないでほしい。

「……うん」

「れにに、またみせてほしい」

女の子がみつけたきれいなもの。また教えてほしいよ。

そんな想いを繋いだ手に込める。女の子はうん、と大きく頷いた。

「……ありがとう」

女の子は今日、一番のいい笑顔を見せて——

「わかった。じゃあ、このポシェットは預かるね」

「あげるよ？」

「ううん。きれいなものいっぱい集めて、そうしたらレニちゃんに見せる。レニちゃんのためにも集めるから、このポシェットはレニちゃんのもののままがいい。……そうしたら、いやなこと言われても、がんばれる気がする」

「うん、わかった」

二人で見つめあい、笑う。

すると、母がそっと声をかけた。

「レニ、どう？」

「うん、大丈夫」

「パパが買ってくれたジュースが溶けるから、そろそろ行かないと」

「わかった」

母に言われて、そっと手を離す。

女の子は元気よく手を振ってくれた。

「レニちゃん、またね！」

「うん」

バイバイと大きく手を振れば、女の子も手を振ってくれる。

「レニ、街に友達ができてよかったわね」

「うん」

「さ、パパがレニを抱っこしたくて、うずうずしてるわよ」

「れに、もうつかれてない」

「そうなのね」

がっかりする父を思い浮かべたのか、母が「あらあら」と笑う。

父と合流して、みんなで広場でフルーツジュースを飲んだ。凍らせたフルーツを使ったジュースはシャリシャリしていて、とってもおいしい。


そして後日——

「レニちゃん！」

「いっしょにあそぼう」

「うん！　今日はすごくきれいな木の実を見つけたの」

「みてもいい？」

「もちろん！」

街に行くと、女の子と遊ぶのが定番になった。さらに——

「お、また来たのか！」

「うん。いじわるしてない？」

「もうしてない！　それより一緒に遊ぶか？」

「おれたちもあっちにすげぇきれいなタイルを見つけたぞ！」

「噴水のところに使われてるんだ！」

私を誘ってくれているのは、女の子をいじめていた男の子たち。あれから、何度か会って、その度に体当たりしたり、話をしたりしたのだ。

結果、男の子たちは反省し、ちゃんと女の子に謝ることができた。そして、今では、男の子たちも一緒に遊ぶ友達になったのだ。

「うん。みにいく」

気づけば街にたくさんの知り合い。

「今日はきれいな母ちゃん来てないのか？」

「きてる。ままはぱぱとでーと」

「デートか。仲良しだな」

「うん。だから、れに、みんなとあそぶ」

「おう！　いこうぜ！」

父と母が街でのんびりしている間に私は友達と。そんな日もなかなかいいな、と思った。

番外編二　サミュー・アルムの宝石

レニ様が街長《ちょうちょう》のシュルテムを倒したのはつい先日のこと。私、サミュー・アルムは各地で情報を仕入れながら、レニ様が四歳になるのを待っていた。

今日は久しぶりにレニ様の元を訪れ、ともに狩りをする約束である。

『さみゅーちゃん。もうつく？』

『申し訳ありません、レニ様っ。あと、もう三つ瞬《まばた》きをするあいだに参ります！』

『え、そんなにいそいではないけど……』

レニ様の戸惑った声が頭に響いたが、とにかく急がなくては！

レニ様を待たせるわけにはいかない。待ち合わせの森までは、徒歩で二〇分ほどだろう。【魔力操作】をし、身体能力を上げれば、本来ならば時間がかかる道のりも一瞬である。

レニ様が三つ瞬きをするまでに私は必ずたどり着いてみせる！

というわけで。

「レニ様っ！　お待たせいたしました！」

森の入り口。切り株に座って私を待っていてくれたレニ様の元へズシャーッと滑り込む。

片膝を立てて、はい、定位置。

「さみゅーちゃん、すごいね。まだふたつしかまばたきしてないよ」

「はい！　私はレニ様の元へなら秒でたどり着けます！」

想いが力に変わるので。

「かり、たのしみ」

レニ様はそう言うと、私を見つめて、ふふっと笑った。

女王様譲りの銀色の髪がさらさらと風に揺れ、金色のまるい瞳がすこし細くなる。

……あぁっ！　今日のレニ様も最高にかわいらしい……！

胸がキューンとして、息が苦しくなる。空気を求め、勝手に呼吸数が上がってしまうのも、レニ様の前では仕方がない。レニ様を前にして呼吸数が上がらない者など存在しないのだから。

「……さみゅーちゃん、だいじょうぶ？」

一人で悶《もだ》えていると、レニ様が心配そうに私を見つめた。

いけない、レニ様の前では冷静沈着で頼れる姉のような存在でいたいのだ。そう。私の守護者であり、レニ様の母である、女王様のように！

「申し訳ありません。すこし空気が足りなくなりました」

「くうきがたりなく……」

「深呼吸をしたので、大丈夫です」

「……うん」

私の説明にレニ様はなんともいえない顔で頷《うなず》く。

……あぁっ！　そんな顔も最高にかわいらしい……！

また、胸がキューンとしてきたが、瞬間、この世界で最も聞きたくない声が響いた。

「おい、サミュー。俺もいるぞ」

その声に一気に心がささくれ立った。

「ぱぱ」

私の心とは裏腹にレニ様は声の持ち主に対して、愛着を含んで呼びかけた。

レニ様の後ろに立ち、私に向かって声をかけるその人物。レニ様が『パパ』と呼んだのは、憎き人間の男だ。茶色い髪の平凡な顔立ちで、運だけが取り柄の男である。

「この森は俺の狩り場だからな。案内する」

「私一人でも問題ありませんが」

人間の男の施しなどいらない。帰れ！

目に憎しみを込めて、下から睨《にら》んだが、人間の男はまったく気にしなかった。

「サミューだけでも大丈夫なのはわかってる」

私のトゲトゲしい態度にも、男ははっと笑うだけ。そして、頼むよ、と言葉を続けた。

「俺がレニといたいんだ。レニ、手を繋《つな》ごう」

声をかけられたレニ様が切り株から立ち上がる。そして、男の手をぎゅっと握った。

「ぐっ……レニ様からの絶対の信頼……つぐぅぅ」

その姿に私の精神はかなりのダメージを受けた。この男、私から女王様を奪っただけでなく、レニ様の信頼も勝ち取っている。

「まあ、俺が父親だからな」

私が唸《うな》っていると、なぜか照れ笑いをする男。ここに女王様がいれば、そんな男を見て『あらあら』とうれしそうに笑うのだろう。……あ、想像だけで、苦しくなってきた。

この男はいつもそうだ。私がどんなに女王様を敬愛していても、結局は女王様の幸せはこの男のそばにいることなのだ、と実感させられる。

私を守り育て、慈《いつく》しんでくれた女王様。豊富な知識と品性、穏やかな気性の女王様はいつだって立派だった。そんな女王様であったから、治世は安定し、すべてのエルフが女王様を慕っていたのだ。

……けれど、女王様が一人の女性として笑えたのは、この男の前だけだったのかもしれない。

一般的なエルフは金髪だが、女王様は銀色の美しい髪を持っていた。それゆえ、生まれたときから、女王になると決められ、そのように育ったのだと聞いた。女王として生まれ、女王として育ち、女王としてエルフを治めた。そして、強すぎる力により、体を病み——

この男がいなければ、私は女王様があんなにうれしそうに笑う姿を見ることはできなかった。宝玉を探すと決めたのもこの男だ。この男がいなければ、女王様は命を落としていただろう。

……この男を見る度に、悔しくなる。

自分の不甲斐《ふがい》なさ、情けなさ、弱さをこれでもか、と痛感させられる。

「運がいいだけだ」と笑うこの男の強さ。私はきっと一番知っている。だからこそ、憎い。

……あの日、女王様がエルフの森から出奔する日。

私は、女王様と男が駆け落ちするのを手伝った。

——それが、女王様の幸せだと知っていたから。

結果として、私もエルフの森から出て、帰っていない。自分の弱さを知った私は世界を回ることで強くなろうとしたのだ。

けれど、私はまだまだ弱い。

レニ様に守護者として選んでいただけたのはこの上ない僥倖《ぎょうこう》だった。もっと強くならなくては……。

「さみゅーちゃん？」

考え事をしていた私を労わるようなレニ様の声。それに、はっと我に返った。

いけない。私は女王様のように穏やかで余裕のある守護者にならなければ。

急いで立ち上がり、レニ様の後ろにつく。レニ様の小さな手が男と繋がれているのを見ると、男への憎しみが湧くが抑えるしかない。

「……あなたが強いのはわかっています。案内をお願いします」

そう。十分にわかっているのだ。

男はそんな私の苦悩などまったく気づいていないのだろう。「わかった」と頷いた。

「レニが怖がらないぐらいの魔物が出る狩り場に行けばいいんだよな」

「はい。レニ様が旅に出る前に、すこしだけでも魔物についてのことを知っていただけるといいのではないかと考えたので」

田舎の小さな村では知識を蓄え、経験を積むといっても限られている。

レニ様であれば旅に出てからでもすぐに吸収し、あっという間に成長するのだろうが、今、できることがあるならば、やってみるのがいいと判断した。

レニ様も「そうする」と賛同してくれたので、こうして森へと魔物を見に行くことになったのだ。

男と私が話しているのを見て、なにを思ったのか、レニ様がこてんを首を傾《かし》げる。

その姿も最高にかわいらしい。が、レニ様のかわいらしさは留《とど》まるところを知らなくて——

「さみゅーちゃんも、て、つなぎたい？」

金色のまるい瞳が私を見上げる。たどたどしい口調と涼やかな声が耳をくすぐった。

あ、あ、無理かも。あ、いや、まだ。まだ耐えろ私。

「……そうですね。やはり、私もレニ様と手を繋ぎたい気持ちはあります」

キューンとなる胸を必死に抑え、努めて冷静に言葉を返す。

すると、レニ様は「わかった」としっかり頷いた。

「さいしょはぱぱとつなぐ。かえりはさみゅーちゃんとつなぐ」

「えっ、帰りは俺とは繋がないのか？」

「かえりはままがくる」

「あー、そうだな。一緒にお昼を食べようって言ってたな。森の入り口まで弁当持ってきてくれるって」

「うん。ぴくにっく。ごはんたべたら、ぱぱはままと。れにはさみゅーちゃんとつなぐ」

「わかった。じゃあそうしような」

「うん」

レニ様は男と話をつけると、ふふんと胸を張った。

「かいけつ、だね」

小さな体で大きな心を持つレニ様。

男の気持ちにも私の気持ちにも配慮し、最善の策を導き出されるとは——！　そして、そのことを誇る姿の……！　なんと、なんとかわいらしいことか！

くぅっと息が漏れる。胸のキューンがもう抑えられない。

すこしでも動けば、愛《いと》しさが噴き出てしまいそうで、呼吸も忘れ、体をぴたりと静止させる。

レニ様はそんな私を見上げて、えへへ、と笑った。

……えへへ？　え？　なに？　え？　はにかみ笑い？　いつもの快活な笑顔ではなく、ちょっと恥ずかしそう。あ、まずい、あ、かわいい、あ、あ、ああ……あ。

「あのね、れにもさみゅーちゃんとつなぎたかったから」

あ。

「さみゅーちゃんのて、あんしんするから」

あ。

「すき」

あああ

ああ。

「無理。尊い。むり。ほうせき」

存在が。宝石。世界の宝。眩《まぶ》しすぎる。

私は視界が白く消えるのを確認して、体に力が入らなくなるのに任せて、意識を手放した。

MFブックス

ほのぼの異世界転生デイズ ～レベルカンスト、アイテム持ち越し！私は最強幼女です～ 1

2020年11月25日　初版第一刷発行
2020年12月25日　第二刷発行

著者　しっぽタヌキ
発行者　青柳昌行
発行　株式会社KADOKAWA
〒102-8177　東京都千代田区富士見2-13-3
0570-002-301（ナビダイヤル）
印刷・製本　株式会社廣済堂

ISBN 978-4-04-065931-2 C0093

企画　株式会社フロンティアワークス
担当編集　福島瑠衣子（株式会社フロンティアワークス）
ブックデザイン　鈴木 勉（BELL'S GRAPHICS）
デザインフォーマット　ragtime
イラスト　わたあめ

本シリーズは「小説家になろう」（https://syosetu.com/）初出の作品を加筆の上書籍化したものです。

この作品はフィクションです。実在の人物・団体・事件・地名・名称等とは一切関係ありません。